DESMORONAMIENTO

colección andanzas

Libros de Horacio Castellanos Moya
en Tusquets Editores

ANDANZAS
El arma en el hombre
Donde no estén ustedes
Insensatez
Desmoronamiento

En TUSQUETS EDITORES MÉXICO
Baile con serpientes

HORACIO CASTELLANOS MOYA
DESMORONAMIENTO

1.ª edición: octubre de 2006

Diseño de la colección: Guillemot-Navares
Reservados todos los derechos de esta edición para
Tusquets Editores, S.A. - Cesare Cantù, 8 - 08023 Barcelona
www.tusquetseditores.com
ISBN: 84-8310-349-4
Depósito legal: B. 37.404-2006
Fotocomposición: Foinsa - Passatge Gaiolà, 13-15 - 08013 Barcelona
Impreso sobre papel Goxua de Papelera del Leizarán, S.A. - Guipúzcoa
Impresión: Reinbook Imprès, S.L.
Encuadernación: Reinbook
Impreso en España

Índice

Para E.M.P. y R.M.P.

PERICLES: De aquí deduzco que el tiempo es el rey de los hombres, porque es su padre y su tumba y les da lo que le place y no lo que ellos desean.

W. Shakespeare

Primera parte
La boda
(Tegucigalpa, 22 de noviembre de 1963)

1

Bajo y rechoncho, de impecable traje gris, Erasmo entra a la cocina, coloca su sombrero de fieltro en el perchero y observa a la mujer: flaca, de huesos salientes, en bata y con el cabello desordenado, ella sorbe una taza de café y lee el periódico desparramado sobre la mesa.

–¿Qué hacés aquí a esta hora? –dice Lena, sin levantar la vista del periódico–. ¿No deberías estar en tu oficina?

–Vengo por vos. ¿No te has arreglado aún?

–Tomo mi café y leo el periódico. ¿No ves? –dice ella, pasando una hoja.

Erasmo se planta frente a la mesa, con los talones pegados y las manos tomadas por la espalda, tratando de meter la barriga, de sacar pecho.

–Lena, por favor –musita.

–Esa gente de Vietnam del Sur no se anda por las ramas –dice Lena, sin dejar de ver el periódico–. De una vez mataron a ese tal por cual de Ngo Dinh Diem, que seguramente ya estaba en connivencia con los comunistas. Eso es un golpe de Estado...

–Lena, te repito que he venido a recogerte...

–No que ustedes, pusilánimes, trataron a los liberales con guante de seda. Les debería dar vergüenza: en vez de meter presos a esos facinerosos que secuestraron el gobierno durante seis años, en vez de hacerlos pagar sus crímenes y sus fechorías, los mandan a Costa Rica, donde vivirán como reyes con lo que se han robado. ¡Habrase visto semejante cobardía! Encadenados deberían estar esos comunistas y no en el exilio...

–Arreglate de una vez, Lena –insiste Erasmo.

–¡Sos un animal! –reacciona ella, mirándolo con odio–. Acabo de pasar el trapeador para dejar brillante el piso del comedor y mirá tus huellas... –y señala hacia las losetas, detrás del hombre, en las que apenas se distingue la silueta de unas huellas–. ¿Nunca aprenderás a limpiarte los pies en el felpudo?

Erasmo permanece impasible.

–Lo hemos discutido demasiado –dice.

–¡Entonces sabés lo que pienso y no tenés por qué venirme a preguntar si ya me arreglé, como si fueras imbécil!

–Ya vas con los insultos –dice él, con la misma calma.

–Pues sí, sólo a un estúpido se le puede ocurrir que yo voy a ir a esa boda.

–Es la boda de tu hija, Lena. Los dos debemos hacer acto de presencia.

–¡No me vengás a decir qué es lo que debo hacer! –estalla Lena, pasando las hojas del periódico con violencia.

–Vas a romper el periódico. Calmate.

–Yo hago con el periódico lo que me da la gana... –lo enfrenta, desafiante–. Y vos sos el pícaro que debería quedarse en casa en vez de ser cómplice de esa cualquiera...

–Es mi hija –dice, apoyándose con ambas manos en el respaldo de una silla.

–¿Y qué? ¿Sólo por eso vas a permitir que se case con ese canalla, con ese don nadie? Si me hubieras hecho caso, nada de esto estaría sucediendo –dice, sorbiendo con gesto enérgico los restos de café–. Debiste haberlo expulsado del país o haberlo metido a la cárcel, por atrevido...

–No se puede jugar así con las leyes, comprendé.

–Las leyes las hacemos nosotros para que las cumplan tipos como ese canalla, aprovechado. Tiene veinticinco años más que Teti, es salvadoreño, es un comunista. ¿Te parece poco? Y vos querés ir como tonto útil al casamiento. Todo porque a la putía se le ha metido entre ceja y ceja que se va a casar con él. Pues no, yo no voy a ser cómplice –dice, terminante, y parece concentrarse de nuevo en la lectura.

Erasmo jala una silla y se sienta frente a Lena.

–Esther ya es mayor de edad, tiene veintidós años y derecho a casarse con quien ella quiera sin que nosotros podamos impedírselo.

–Si no lo has impedido es porque no has querido, cobarde...

–Mirá, Lena, vine del Partido a recogerte para que lleguemos juntos a la boda. Quitate esa bata y ponete tu vestido de una buena vez. Vamos. Ya son las diez y a las once es la ceremonia.

–La ceremonia... –ella levanta la vista, incrédula–. La traición, la más grande traición que todos ustedes me han hecho... Todos se han confabulado para que ese cualquiera se lleve a Teti –dice, apretando los dientes–. ¡Y vos también! ¡No te hagás el inocente!

–No tengo por qué hacerme el inocente.

–Por eso, porque tenés mala conciencia, querés convencerme de que te acompañe. Pero no les voy a dar ese gusto. Hacete a la idea de que vas a ir solo. ¿Me escuchaste?

–Después te arrepentirás.

–¿Qué has dicho? –dice poniéndose de pie–. ¿Yo, arrepentirme? –Se golpea el pecho con el dedo índice–. ¿Yo? Sos un estúpido. ¿Cómo se te puede ocurrir algo así? ¿De qué me voy a arrepentir?

–No te exaltés...

–¡Decime! ¿De qué me voy a arrepentir? ¿De no haber sido cómplice de un matrimonio que va contra las leyes de Dios, de la sociedad, de la Naturaleza?

–Estás exagerando.

–Ese hombre aún está casado, nunca se divorció. Tiene cuatro hijos de su primer matrimonio. Ha sido expulsado por comunista de su país. Y viene aquí a casarse con nuestra única hija, la muy imbécil, sólo por llevarme la contraria. Meterse con esa chusma...

Lena toma la taza, va hacia la estufa y se sirve más café.

–Clemente está divorciado, Lena. No seás necia. Yo soy abogado. He visto los documentos... Y ha venido aquí para casarse con Teti. No lo han expulsado de su país.

–Te ha engañado, como ha engañado a todo el mundo. –Ella permanece de pie, apoyada en el lavatrastos, soplando el café antes de sorberlo–. Los salvadoreños son farsantes, estafadores. Esos documentos que te ha mostrado son falsos. Se los ha comprado quién sabe a qué abogado corrupto en San Salvador. Y vos dejándote engañar.

–No soy tonto. Lo he investigado.

–Claro que sos tonto. Si no lo fueras, no permitirías que tuviera lugar semejante canallada –dice Lena.

–Acordate de que Erasmo vino como diplomático hace un par de años...

–Gran diplomático... –comenta Lena, con sorna–. El último secretario de la embajada. Es un gato cualquiera.

Lena se sienta; pone la taza sobre la mesa y vuelve a hojear el periódico.

–Lo que te quiero dar a entender es que si fuera comunista nunca lo hubieran dejado trabajar para el gobierno de su país.

–Te digo que sos tonto o te hacés. Todo mundo sabe que los servicios diplomáticos están infiltrados por los comunistas y los maricas... ¡Y aquí sucede lo mismo! –exclama Lena, encrespada–. ¡A ver cuándo comienzan a limpiar toda esa basura que dejaron los liberales en las embajadas y en los consulados!...

–Dejemos de hablar de lo mismo, por favor. Y mejor andá a arreglarte.

–Ese hombre es casi de mi edad, está lleno de mañas –dice Lena, sorbiendo el café–. Tiene cuarenta y siete años, más del doble que Teti; sólo es tres años menor que yo. Su hijo mayor es apenas un año menor que Teti. ¿Te das cuenta? A saber detrás de qué anda, qué es lo que quiere. Tratará de aprovecharse de tu posición política, ver qué nos saca...

Entonces, de pronto, con los ojos extremadamente abiertos, Lena deja la taza sobre la mesa, se golpea la frente con la palma de la mano derecha y exclama:

–¡Dios mío! Tengo que cambiar mi testamento ahora mismo. Ese canalla viene tras de mis propiedades. ¿Me estás escuchando, Mira Brossa? Debo rehacer mi testamento de inmediato...

Erasmo la mira con expresión de hartazgo.

–¿Estás segura de que no vas a ir, Lena? –pregunta, poniéndose de pie.

–¿Y todavía lo dudás?

–Es tu decisión. Yo me voy a cambiar la corbata...

–¿No me escuchaste? Voy a desheredar a esa malnacida y todo lo pondré a nombre de mi Eri. No puedo permitir que ese tal por cual se haga la ilusión de que puede meter sus narices en alguna de mis propiedades.

Erasmo está en el umbral; saca del bolsillo del saco una corbata junto con su envoltura.

–Así que hasta corbata nueva has comprado... –dice ella, con sorna.

–Pasaré a mi habitación, luego al baño y después me iré. Decidite de una vez. Mirá que te estarán esperando –dice antes de salir por el pasillo.

–Pues que sigan esperando... Y no me dejés hablando sola –dice mientras se abalanza detrás de Erasmo.

2

—¿Qué va a decir la gente, Lena? Ponete a pensar en eso —dice Erasmo, al entrar a su habitación; Lena viene detrás de él y enseguida se sienta en el borde de la cama. —Los va a casar el abogado Molina; preguntará por vos. Llegarán los reporteros de sociales, tus ex colegas periodistas, los fotógrafos...

—Esa chusma...

—Todo mundo se dará cuenta de tu ausencia. No le deberías hacer eso a Teti. Es nuestra hija.

—Ya te dije que no voy a ir. Mirá el desorden que tenés en esta habitación.

Erasmo se quita el saco y lo coloca en el perchero; de la cintura se saca la cartuchera con su revólver 38 corto y la pone sobre la mesa de noche. Desata su corbata y se para frente al espejo del tocador.

—Hacelo por Erasmito...

—¡No metás a mi príncipe en esto! —aúlla Lena, dando un manotazo sobre la cama.

—No grités de esa manera...

—Grito como me da la gana, estúpido... Y no quiero que volvás a mencionar a Eri. Te lo advierto. Él no tiene nada que ver con esto. ¿Me entendiste?...

—En vez de sulfurarte tanto y de hacer rabietas, deberías arreglarte, deprisa que ya es tarde —dice Erasmo, poniéndose la corbata nueva–. Yo en un minuto estaré listo.

–Mirá, Erasmo, que te quede claro: no voy a ir a esa chabacanada, menos a la casa de Berta, esa puta intrigante. ¿Por qué se van a casar ahí precisamente? Decime...

–Pues porque vos te negaste a que la ceremonia tuviera lugar aquí.

–¡Mentira! –Lena se pone de pie de un brinco y comienza a pasearse, con agitación, entre la cama y la pequeña sala–. Lo hacen para fastidiarme, para burlarse de mí. Esther va a juntar a todas esas putas que se dicen sus amigas. Para eso se casa, para tener su jolgorio con todas esas degeneradas...

–Tenés la mente realmente retorcida. Berta es tu hermana.

–Y una degenerada. Yo no tengo la culpa de que esa buscona haya salido así; ni tengo la culpa de que se haya casado con un maricón como Zuñiga que la deja revolcarse con quien sea.

–Berta es una mujer decente –dice Erasmo, afinándose el nudo–. No deberías referirte a ella de esa manera.

–Ahora resulta que vos me vas a decir cómo tengo que hablar yo de mi hermana...

–Olvidemos ese tema.

Erasmo mira por el espejo la figura de Lena, quien hace su ronda cada vez con más celeridad y con ademanes frenéticos.

–De nada nos sirvió haber gastado lo que gastamos en la educación de esa niña. Mirá en lo que terminó: arruinando su futuro, arruinando nuestro prestigio. Habiendo tantos muchachos honrados aquí en el país, hijos de familias decentes, de nuestra misma clase. No, ella tuvo que venirse a encontrar a un viejo salvadoreño comunista. ¿Para eso la enviamos a estudiar a Washington? ¿Para eso nos gastamos ese montón de dinero? ¿Para eso hicimos tanto esfuerzo? ¿Para terminar haciendo el ridículo? ¡Ni se te ocurra volverme a decir que vaya a esa cosa!

–Qué necedad la tuya, Lena. Te negás a aceptar la realidad...

Erasmo se deja caer en un sillón, fatigado; cierra los ojos, como si quisiera que de pronto nada de esto existiera.

–De nada sirvió que la sacáramos del país estos dos años para que se olvidara de ese hombre, de nada sirvió que se fuera a casa de mis hermanas a New York y dejara a Eri con nosotros. Sólo regresó para meterse otra vez con ese desgraciado...

–Ese desgraciado es el padre de su hijo y ahora va a ser su marido. No lo olvidés.

–Mal nacido. Parece que no te importa.

–Me importa la felicidad de mi hija. Y si ella es feliz casándose con ese hombre, yo no me voy a oponer.

–Qué sabés vos de felicidad... No me hagás reír. –Lena ha dejado de pasearse; mira a Erasmo y dice–: Qué corbata más horrible la que fuiste a comprar.

–Debería cambiarme el traje.

–El alma te deberías cambiar, degenerado... –le espeta. Y ahora comienza a increparlo cara a cara, inclinada, muy cerca, como si buscara que uno de sus enérgicos ademanes golpeara el rostro de Erasmo–. Permitir que nuestra única hija tire a la basura su vida, eso no es de hombres. Te debería dar vergüenza verte en el espejo... Yo no me tengo que preocupar por lo que diga la gente; vos te deberías preocupar. La gente decente admirará mi actitud, sabrán que es un gesto de dignidad, de alguien de clase, con principios, que no se deja chantajear. Yo soy Lena Mira Brossa y no voy a entrar en connivencia con un salvadoreño comunista que ha hipnotizado a la estúpida de mi hija.

–Ahora resulta que Clemente es hipnotizador...

–Pero mirate vos. ¿Qué va a decir la gente? El abogado Erasmo Mira Brossa, el gran político, el líder del Partido Nacional, el brazo derecho del general, convertido en el chambelán de un salvadoreño comunista. ¿No te has puesto a pensar que la gente se reirá de vos, imbécil? ¿No te has puesto a pensar que serás el hazmerreír de los liberales? ¿Ya hablaste con el general de lo que estás haciendo? Me das asco. No tenés dignidad, ni principios. Y lo peor es que te estás llevando entre las patas a la causa nacionalista con tu cobardía. Ahora que acabamos de echar del poder a los liberales y debemos juntar fuerzas, ahora que el pueblo tiene la confianza puesta en nosotros, venís vos a apadrinar a un comunista salvadoreño que, por si fuera poco, se roba impunemente a nuestra hija...

–Lena, no me fastidiés... –dice Erasmo, tratando de incorporarse para salir del acoso, pero ella se lo impide.

–¿Sabe el general lo que están haciendo vos y esa niña? ¡Contestame!

–Yo no tengo que darte explicaciones...

–¡Traidor!... Eso es lo que sos: un traidor...

–Sos tonta. Claro que el general sabe que Teti se casa hoy. No me extrañaría que le envíe un regalo. El general no es cerrado como vos...

–¡Mentira! ¡No sólo traicionás sino que difamás! Esto se va a saber, Mira Brossa... ¡Difamando al general! ¡No lo puedo creer! –dice mirando a lo alto como si tuviera al cielo por testigo; enseguida se deja caer en el sofá y saca un pañuelo del bolsillo de la bata.

Erasmo aprovecha para ponerse de pie y volver al espejo, a echarse una última ojeada, resignado a presentarse solo a la boda.

–Estás loca, Lena. Loca de atar.

–A quien deberíamos atar es a vos... Vos sos el culpable de que esa niña no haya madurado –dice luego de sonarse la nariz–. Vos, que te sometés a todos sus caprichos, que no le decís no a nada. Por tu culpa nos está pasando esto. Nunca la has puesto en su sitio. De nada ha servido todo mi esfuerzo por educarla, por darle valores y principios, por sensibilizarla. Todo lo que yo he tratado de construir vos lo has destrozado con tu pusilanimidad. Ella hace con vos lo que quiere. Únicamente has servido para desautorizarme, para darle la razón a ella en todo lo que le critico. De tal palo tal astilla: esa hija es tuya, no mía...

–No digás barbaridades, Lena.

Erasmo la observa con enojo.

–¡Ésa es la verdad! No tiene nada mío; se parece a vos en todo. La llevé a clases de piano, a clases de danza, la motivé para que leyera, pero nada de eso le interesa. No tiene ninguna sensibilidad, ninguna inteligencia. Sólo le gusta la parranda, como a vos. Vivir en la fiesta a costillas de los padres. Tiene el cerebro atrofiado. Es un animal. Sólo así se explica que se haya encaprichado con ese salvadoreño comunista, con ese cualquier cosa, muerto de hambre, que lo único que quiere es aprovecharse de nosotros, ver qué nos saca, cómo nos estafa...

–Estás exagerando.

–No exagero. Ese malandrín trae segundas intenciones. No puede ocultarlo...

–Estoy harto de escucharte. ¿No podés guardar silencio un rato?

–¿Me estás callando?

–Te estoy diciendo que ya no le des tantas vueltas al asunto. Si no vas a ir, no vas, y ya. Teti y Clemente se casarán en media hora por más que vos estés gastando saliva. De nada sirve todo lo que decís. A mí ya no me herís. Sólo te hacés daño vos, diciendo cosas tan hirientes. Y le hacés daño a Teti al no asistir a su boda... Ahora paso a orinar y luego me voy...

Entra al cuarto de baño, sin cerrar la puerta; levanta la tapa del retrete.

–Más daño nos hace ella casándose con ése...

–Ahí vas otra vez –dice Erasmo mientras desabotona su bragueta.

–Apuntá bien con esa tu cochinada: no vayás a orinar fuera de la taza –dice Lena, quien lo vigila desde el umbral.

–Lo que me faltaba. Lena, ésa es mi habitación y éste mi cuarto de baño, por si lo has olvidado.

–Pero yo me encargo de que lo limpien, estúpido. Y siempre orinás fuera de la taza. Éste no es un burdel, sino un hogar decente.

Erasmo parece no escucharla, concentrado en su chorro de orina.

–Pues sí. Desde que nació, esa niña fue dañina, siempre díscola, con el espíritu torcido. Se parece a vos; encarna todo lo contrario a mí. Yo no merecía eso –dice con rencor–. Te lo juro que es una maldición... Se murió Pili, que tenía mi misma mirada –ahora su tono ha cambiado: es dulce, nostálgico–, mi misma expresión... Mi amor: ella iba a ser igualita a su madre, con la misma sensibilidad, con los mismos gustos... ¿Por qué se tenía que morir ella, ah? –Le vuelve la furia–. Decime... Me mataron lo más querido, mi futuro: ésa era mi hija y no ésta que sólo sacó lo tuyo.

–No seás ingrata, Lena. Estás blasfemando contra Dios.

–Es la verdad. Esther sólo ha servido para amargarme la vida, para llevarme la contraria, para negar todo lo que yo soy, para contradecir mis principios y mis valores... Que te sacudás tu cochinada dentro de la taza te he dicho.

Erasmo la ignora de nuevo; guarda su miembro y abotona su braqueta.

–Una hija a la que sólo le interesan la lujuria y la embriaguez. ¿Para qué quiero yo a alguien así? ¿Por qué se tuvo que morir Pilar? No es justo. Yo no merezco esto...

–Dios sabe lo que hace.

–¡Mentira! ¡Hipócrita! ¡Dios no tiene nada que ver! Fue esa enfermera estúpida y criminal quien tuvo la culpa, quien arruinó mi vida. Debimos haberla metido presa...

–Fue un accidente. Sucedió hace veintidós años. Ya tendrías que haberlo superado –dice Erasmo cuando se apresta a abrir el grifo del lavabo.

–¡No fue un accidente!

–Claro que sí. A la enfermera se le deslizó la bebé de los brazos...

–¡Mentira! ¡La dejó caer a propósito!

–Nadie en sus cabales hace eso. Te lo he repetido diez mil veces...

–Pues esa canalla no estaba en sus cabales. ¿Por qué dejó caer a Pili y no a Teti, ah?

–Nunca lo vas a superar. Qué lamentable. Y no entiendo qué hacemos hablando de eso ahora, cuando lo que importa es el matrimonio de Teti.

–Lo que te importa a vos, miserable. Y te lo voy a decir una sola vez: Esther dejará de ser mi hija si se casa con ese comunista. Ella lo sabe; y aun así me traiciona. No se lo perdonaré nunca. Ya he tenido que soportar demasiado sufrimiento durante estos veintidós años debido a ella, como para que ahora tenga que aguantarla con un marido desvergonzado... Nunca te enjabonás bien las manos, por eso dejás las toallas todas cochinas.

–Bueno, ya estoy listo –dice Erasmo luego de echarse un poco de loción.

–Y no voy a permitir que esa desgraciada se burle de mí; ni que vos seás su cómplice. Si quieren tener su numerito de bodas, no lo harán a costa mía... –dice Lena mientras de golpe cierra la puerta.

Con rapidez saca un candado del bolsillo de su bata.

–Lena, ¿qué hacés?

–Te encierro con candado en el cuarto de baño, maldito...

–¡Lena!

–Es lo que tengo que hacer: obligarte a que te comportés como un hombre, con principios y valores...

–¡Quitá el candado a la puerta!

–... obligarte a que me respetés a mí, que soy tu esposa; obligarte a que no hagás el ridículo y pongás por los suelos el nombre del Partido y del general...

–¡Lena!

–... obligarte a que no cometás una traición que nos afectará a todos, que le hará daño al país, porque ningún hondureño con dignidad se prestaría a la salvajada de entregarle su hija a un salvadoreño comunista...

–¡Abrí la puerta y dejá de decir tonterías!

–¡Tontería es la que no te voy a dejar hacer, imbécil!

—¡Abrí, te estoy diciendo!

—De nada te sirve gritar. Ahí te quedarás mientras la tal por cual ésa tiene su ceremonia.

—¡Lena, que me estás enojando! No estoy para bromas. Ya es tarde. Quitá el candado a la puerta.

—¿Y quién está bromeando?

—¡Que abrás la puerta, carajo!

—¡Dejá de hacer escándalo y de darle golpes a la puerta que la vas a arruinar!

—¡Si no me abrís la voy a tirar!

—Cómo no, Sansón...

—Lena, no sabés lo que estás haciendo. Tranquilizate. Aceptá la realidad, aceptá a tu hija tal como es. No seás irracional. La única que se destruye sos vos... Abrí la puerta, por favor...

—Que no voy a abrir, entendé... Ahora mismo voy con el chofer a decirle que regrese a las oficinas del Partido y que no venga a recogerte hasta después de la hora de almuerzo.

—¡Lena, no hagás eso! ¡No me dejés aquí!

—No te preocupés, que enseguida regresaré.

—¡Lena!

3

–Ya le dije al chofer que se fuera. Más te vale relajarte, porque estarás encerrado ahí por lo menos una hora, hasta que la dichosa ceremonia finalice –dice Lena al tiempo que sacude el cobertor de la cama; lo ajusta por las esquinas hasta que queda impecable.

–No seás loca, Lena. Abrí la puerta. No me hagás esto.

Erasmo permanece de pie frente a la puerta; ha comenzado a transpirar.

–¿Que no te haga qué? Ahora resulta que yo soy la que te estoy haciendo algo. Ahora resulta que yo soy la mala, la arpía, la que te hace daño, la que te impide ir a la boda de la niña... Me das asco...

Lena se sienta en el sillón donde antes estuvo Erasmo.

–Has perdido la razón. ¡Cómo se te ocurre encerrarme! ¡Estás completamente loca! Abrí la puerta antes de que esto termine mal... –dice, dando un golpe poco convincente en la puerta.

–¿Me estás amenazando?

–¡Te estoy diciendo que abrás la puerta, idiota!

–Ahora vos sos el que insulta. No soy yo la que te está haciendo daño. Me estoy defendiendo. Y te estoy defendiendo a vos de vos mismo, aunque no te des cuenta. Después me lo vas a agradecer. Gracias a mí no harás el ridículo y no avalarás esa boda espuria, el capricho de esa niña tonta...

–Si no abrís te arrepentirás toda tu vida... –dice Erasmo, quien ahora se ha apoyado de espaldas en la puerta.

–Dejá de amenazarme... Yo no tengo de qué arrepentirme. De lo único que me podría arrepentir es de haber tenido esa hija, de que sea ella la que haya sobrevivido y no su hermana gemela, porque con Pili las cosas hubieran sido distintas. Pero no fue mi culpa...

–Claro que fue tu culpa.

–¡¿Qué has dicho, majadero?!

Lena se incorpora, con el rostro descompuesto.

–Que fue tu culpa. Vos atarantaste a la pobre enfermera con tu histeria...

–¡Maldito!

–Si vos no la hubieras fastidiado tanto, si no le hubieras gritado hasta sacarla de quicio, si no la hubieras presionado de esa manera, seguramente que a la pobre no le hubiera sucedido ese accidente...

–¡Qué infamia estás diciendo, desgraciado!

Ella camina hacia la puerta del baño y enseguida se detiene; empieza a pasearse con agitación.

–La verdad, Lena, la verdad que nunca has querido enfrentar...

–¡No vengás a hablarme de la verdad! Ahora resulta que yo soy la culpable de la muerte de Pili... Es inconcebible...

–¡Abrí la puerta, carajo! –grita Erasmo. Y comienza a pegarle manotazos, enardecido, fuera de control.

–Ah, ¿no te has resignado? ¿Aún creés que voy a permitir que vayás? Y dejá de aporrear la puerta que vas a despertar a Eri...

–Si no me dejás salir, te juro que nos divorciaremos...

–¡Ja! No me hagás reír... Hereje... Nunca lograrás eso. Si creés que podrás romper lo que Dios ha unido, estás perdido... Eso quisieras, ¿verdad? Quedar libre para irte con la gorda puta de tu amante. Asqueroso.

Erasmo se ha replegado hacia el retrete; baja la tapadera y se sienta, exhausto.

—Ya vas con lo mismo otra vez. Abrí la puerta y dejá de hablar tonterías...

—Sos un desvergonzado, por eso te has convertido en cómplice de esa niña, porque tenés el alma como una cloaca...

—Aquí la única cloaca que apesta sos vos.

—Claro, como carecés de cualquier autoridad moral —Lena le espeta a la rendija de la puerta—, por sucio, por traidor, por infiel, entonces la niña se aprovecha para sonsacarte el consentimiento para casarse con ese comunista... ¿Me estás escuchando?

Erasmo se afloja el nudo de la corbata.

—¿Dónde estás? ¿Por qué no respondés?

Erasmo apoya los codos en los muslos y se tapa el rostro con las palmas de las manos.

—Erasmo, estoy hablando con vos. No te hagás la víctima... Ya sé lo que andás buscando: lavar tu culpa. Como le has montado casa y comprado coche a esa puta sebosa, como has reconocido a ese par de hijos de puta que no tienen padre y que esa gorda te ha endosado, como tenés el espíritu podrido por la traición y todo mundo lo sabe y lo comenta, como te has enmierdado hasta el cogote por tu lujuria, ahora querés lavar tu inmundicia dando el beneplácito al casamiento de esa otra degenerada que sólo sacó lo peor de vos...

Erasmo se quita la camisa y la cuelga de un gancho; permanece en camiseta sin mangas.

—Decí algo, miserable...

–Ya sabés que cuando tocás ese tema no se puede hablar con vos.

Lena se ha sentado en el borde de la cama; enseguida se recuesta, con los pies apoyados en el suelo y las manos tras la nuca.

–Pues, claro. ¿Y qué vas a decir? Te gastás la mitad de tus ingresos en mantener a esa puta y a esos hijos de puta. A la niña la tenés con las monjas del Sagrado Corazón y a él con los maristas. ¿Creés que no sé? Vergüenza te debería dar. Si yo no tuviera mi dinero y el ingreso por el café de mi finca serías incapaz de mantener este hogar. Bueno para nada, eso sos...

–Abrí la puerta, Lena. Que nos están esperando...

Erasmo se pone de pie y, rabioso e impotente, da un par de patadas a la puerta.

–Pues que se queden esperando, porque no vamos a ir. ¿Entendiste?... ¡Y no golpeés la puerta de esa manera que vas a despertar a Eri! ¡Ya te lo advertí!

–Estás totalmente trastornada... Tu locura, tus ganas de herir, de lastimar a la gente, ya no me producen rabia, sólo tristeza... –dice Erasmo, quien ha vuelto a sentarse en el retrete–. No quiero pensar cómo vas a pagar todo el daño que hacés.

–Yo no tengo que pagar nada. Vos sos quien tiene deudas. Sos un amoral manteniendo a esa otra mujer. ¿Qué te da a cambio, ah? El placer de revolcarte como chancho...

–Otra vez con lo mismo... Abrí la puerta. En media hora se casa Teti. Aún llegamos a tiempo.

Lena está de nuevo en pie, paseándose frente a la puerta del baño.

–¿Qué le ves a esa bola de sebo, ah? ¿Qué cochinadas te hace como para que decidieras traicionar tu hogar, tu familia; para que tiraras todos los valores morales a la basura? Mirate ahora. Ahí tenés el espejo. ¡Mirate! Sos un degenerado...

–Todos los días me veo en el espejo, Lena.

–La lujuria te corrompió y hoy sos esclavo de esa puta... Los hombres como vos son unos cerdos... ¿Qué fue lo que te hizo cambiar, ah? ¿O siempre fuiste así?

–Soy un hombre y necesito una mujer. Es así de sencillo, pero nunca lo has querido comprender.

–¡¿Y yo qué soy, estúpido?!

–Un monstruo...

Lena se paraliza, atenta, al acecho.

–Una mujer que fue bella cuando me casé con ella hace veintitrés años –dice Erasmo, sin énfasis, acomodándose sobre el retrete–, pero que dos años después comenzó a convertirse en un monstruo. Una mujer con la que tuve un par de gemelas preciosas y que nunca superó que una de ellas muriera un mes más tarde a causa del desliz de una enfermera. Una mujer que se encerró en sí misma, que nunca quiso volver a tener relaciones conmigo, que convirtió la muerte de la bebé en un martirio. Una mujer con la que desde entonces nunca volví a tener relaciones sexuales y que transformó mi vida marital en un infierno...

–¡Callate ya! ¡Maldito!

Ahora es Lena quien da de manotazos a la puerta.

–Una mujer que puso su habitación aparte y me negó la posibilidad de tener más hijos...

–¡Que te callés!

–Es la verdad, Lena.

–¡Mentira! ¡Bien sabés que quedé lesionada después del parto de las niñas, quedé imposibilitada de volverme a embarazar y también de tener relaciones!...

–La traba la has tenido en el cerebro y en el alma, no en el cuerpo.

–¡Sos un canalla!

Lena va hacia el sofá y se sienta, sollozando, con el pañuelo tapando su boca.

–¿Qué, estás llorando?

–Me estoy sonando la nariz, estúpido.

–Parece que estás llorando...

–¡Que no!

Erasmo se ha acercado a la puerta y ahora habla suavemente, se diría con regocijo, a través de la rendija:

–¿Cómo querías que no buscara a otra si vos me negaste lo que toda mujer le debe dar a un hombre?

–¡Y por eso tuviste que ir a meterte con una puta gonorreica!... ¡Por eso tuviste que ir a formar otra familia con una mujerzuela de la calle, aceptando hijos que no son tuyos, bastardos, porque ésa se ha acostado con medio mundo!...

Lena permanece sentada, sin poder recuperarse.

–Miriam y Alberto son mis hijos, Lena. No te engañés.

–¡Mentira! ¡Estoy segura de que no tienen nada tuyo! ¡Deben de ser de cualquiera de esos que pagan por acostarse con ella!

–Si no los conocés, no podés hablar.

–¡No tengo por qué conocer a esa basura y quienes los conocen dicen que no se parecen en nada a vos!

–Son igualitos a mí –Erasmo continúa hablando con suavidad, a través de la rendija–. Son mis hijos, como Teti. Y mejor abrí la puerta y dejemos de hurgar viejas heridas.

–¡Son mis heridas! ¡Y me las has hecho vos, ingrato! ¡No pudiste contenerte! ¡No pudiste conformarte con tener una hija y una esposa, como un hombre honrado y decente! ¡No, tenías que irte con una puta, a montar una familia espuria con ella, a hacerte cargo de un par de bastardos y darles tu apellido! ¡Me das asco! Y dejá de pedirme que abra la puerta, porque no la voy a abrir. Resignate. No estarás presente en el casamiento de esa desagradecida con el comunista...

–Te vas a arrepentir de lo que estás haciendo...

–Ya te dije que sólo me arrepiento de haber tenido una hija bruta y de haberme casado con un vicioso.

–Hace tantos años que debimos habernos divorciado...

Lena salta del sofá y se acerca, decidida, a la puerta del cuarto de baño.

–¡Farsante! Nunca has tenido el valor, ni lo tendrás: se te arruinaría tu carrera política, te hundirías, no te atrevés a bajar de clase social –habla a escupitajos–. Te gusta la puta para tus marranadas, pero no tenés el coraje para irte con ella para siempre. Sos un cobarde, un acomodado. Tenerla como dama, como segundo frente como dicen ustedes, te da mucha hombría, según vos... Pero además sabés que yo nunca te daría el divorcio. Soy una mujer de principios. Hice un contrato ante Dios y no lo voy a romper por un tarado embrutecido por sus vicios...

–Si no te he dejado es porque me das lástima... –susurra Erasmo, provocador.

–¿¡Lástima, yo?!

–Sí, lástima. Dejar a una mujer en tu estado me da lástima. Observá cómo te comportás. Estás enferma de los nervios, medio loca. Si yo me fuera te terminarían metiendo en un manicomio...

–¡Sos un sinvergüenza! Ahora resulta que yo te doy lástima...

–Y sabés qué es lo que te ha destruido, Lena: tu necedad. Te negás a aceptar la vida. La falta de amor te ha carcomido el alma. Por eso odiás a todo mundo, por eso te peleás con todo mundo. Dios nos dio el sexo para que nos amáramos, no para que hiciéramos de él un infierno, como has hecho vos...

–Cínico. ¿Qué sabés vos del amor? ¿A cuenta de qué me decís eso? Chancho: sólo a vos se te ocurre confundir tu inmundicia con el amor...

–Miriam me da lo que vos no me das...

–¡No menciones el nombre de esa puta en esta casa! –Lena patalea, furibunda, frente a la puerta–. ¡Maricón!

–Me da un tipo de amor que vos perdiste hace muchísimo tiempo: ternura, caricias, placer... Le gusta mi cuerpo, mi pene...

–¡Callate! ¡Sucio!

–Los seres humanos necesitamos placer, Lena, forma parte del amor; si nos lo negamos, terminamos amargados, como vos...

–Yo no soy amargada, imbécil. Vivo de acuerdo con mis principios. Y ningún cochino como vos me va a degradar...

–Estás amargada y a punto de enloquecer totalmente –dice casi en susurro, burlón–. Por eso me tenés encerrado aquí.

–Ya me harté de hablar con vos. Te voy a dejar un rato solo. Tal vez así tenés el valor de reflexionar y de darte cuenta de lo que me has hecho, y de lo que estabas a punto de cometer.

–Lena, abrí de una vez...

Erasmo pega de nuevo con contundencia a la puerta.

–Iré a ver a Eri. Ojalá no se haya despertado con tu escándalo...

—¡Lena, que si no salgo ahora mismo ya no habrá manera de que llegue a tiempo a la boda!

—Dejá de hacer escándalo que despertarás a Eri...

—¡Lena!...

4

Lena entra con un trapeador, silbando una tonadilla; lo pasa sobre el piso con soltura, grácil, parece que casi baila con él.

–Mi Eri querido ya se despertó, pero es tan educado –dice, como encantada–. Lo dejé jugando en su corralito. Puede pasar horas distrayéndose, a solas, sin molestar ni necesitar a nadie.

Erasmo permanece sentado sobre el retrete, con los brazos cruzados y la mirada perdida en el techo.

–Al fin venís a quitar el candado...

Lena bordea con el trapeador la alfombra que yace al pie de la cama.

–¿Lena? –pregunta Erasmo, intrigado; se acerca a la puerta y pega su oreja a la rendija–. ¿Estás ahí? ¿Qué hacés?

–Limpio tu mugre, animal –dice ella, pasando el trapeador frente al baño–. No tenés pies sino pezuñas.

–Quitá ese candado de una vez, Lena.

–Acaban de llamar por teléfono, preguntando por vos.

–¿Quién?

–Era Berta. –Lena se detiene; erguida, con las piernas separadas, sujeta fuertemente con ambas manos el palo del trapeador–. Metida, intrigante... Esther no se atrevió a llamar, seguramente sabía que no iríamos, por eso puso a Berta.

–¿Qué quería? ¿Zuñiga no pidió hablar conmigo? –inquiere Erasmo, con ansiedad.

–Preguntó si ya habías salido hacia la boda...

–¿Zuñiga?

–Berta, tarado.

–¿Qué le dijiste?

–¿Y qué le iba a decir? Que decidimos no apadrinar esa barbaridad, que no te esperaran. ¿Sabés lo que comentó?

–Abrí la puerta.

–«Qué extraño. Erasmo se había comprometido a venir» –remeda, con mofa–. Estúpida. Fue cuando le dije que quién la ha mandado a meterse en lo que no le importa, a coludirse con ese comunista salvadoreño para desgraciarle la vida a mi hija, para arruinar la reputación de mi familia.

Lena vuelve a mover el trapeador, pero ahora con rabia, como si estuviese peleando con una costra.

–Berta no tiene nada que ver: nada más ha prestado su casa.

–Claro que tiene que ver. Miserable, la mueve la envidia, desde aquella vez que le gané la presidencia del Club de las Damas Panamericanas ha jurado vengarse y ahora ustedes le pusieron la oportunidad en bandeja de oro...

–No seás paranoica...

Lena se desplaza por toda la habitación, sin dejar de trapear, con movimientos más amplios.

–¡Cómo no! Buscaron casarse en la casa de la mujer que más me odia, que me detesta, que me envidia.

–Es tu hermana...

–¿Y qué? Seguramente vos tuviste que ver en eso. Por eso ella fue quien llamó preguntando si ya habías salido... ¿Ya te metiste en la cama con ella, verdad, cochino?

–Es el colmo, Lena. Realmente es el colmo.

–El colmo de tu desvergüenza...

–Hasta hoy yo había creído que tenías el mínimo respeto por tu hermana...

–¡Esa tal por cual no es mi hermana! –Lena mueve el trapeador con frenesí–. Ella y todas las que la rodean son unas intrigantes, lambisconas...

–Qué grado de locura tenés, Lena. –Erasmo se ha sentado en el borde de la bañera–. Odiás a la gente.

–Todo lo que pasa es culpa tuya. Seguramente vos fuiste el cerebro que recomendó que esa boda espuria tuviera lugar en la casa de Berta, ¿verdad? ¡Respondeme, maricón!

–Ya dejá de insultar y abrí la puerta.

Lena se deja caer en el sillón, exhausta, sin soltar el palo del trapeador.

–Me dieron ganas de decirle que te tengo encerrado en el retrete, que es el lugar donde deben estar los excrementos. Pero enseguida pensé que si se enteran de eso son capaces de venir en manada para sacarte de ahí...

–Mirá, Lena, si la ceremonia ya comenzó, no hay manera de que yo llegue a tiempo. El casamiento civil es breve. Así que ya podés abrir la puerta.

–Creés que soy tonta. Siempre me has subvalorado, me has despreciado. Ése es tu problema...

–Nadie te subvalora. Vos sos quien parece disfrutar en el papel de víctima.

–Me voy a vengar de Berta. Esto no se quedará así. Me voy a desquitar lo que me ha hecho...

–Berta no te ha hecho nada. No seás tonta.

–Con todos los planes que yo tenía para la boda de Teti... –dice Lena, con otro tono, de añoranza–. Tendría que haberse casado por la Iglesia, con un traje precioso como el mío. ¿Te acordás?

–Por favor, no vayás a desempacar otra vez ese traje de bodas y a comenzar con lo mismo. Mejor dejame salir de aquí, que ya me está dando claustrofobia...

Lena parece no escucharlo, embelesada.

–Hubiera sido en la catedral. La Iglesia con sus mejores galas; la carroza, los padrinos y las madrinas, los pajes. Hubiéramos invitado a lo más selecto de la sociedad: el general, la dirigencia del Partido, la directiva del Country Club, los amigos de las embajadas... –Con los ojos entornados, Lena empieza a caminar como si desfilase hacia el altar–. La misa hubiera sido solemne, preciosa, con una homilía llena de bienaventuranzas. Monseñor hubiera bendecido la boda. Mi niña se hubiera abierto un futuro con un muchacho de bien, honrado, con recursos. Luego la gran fiesta en el Country Club: la orquesta, las parejas bailando, los brindis. Y finalmente su luna de miel...

–Como de película... –comenta Erasmo. Levanta la tapa del retrete, se baja los pantalones y se sienta.

–Con gusto le hubiéramos pagado todo –dice con la misma añoranza–. Yo tenía mis ahorritos para eso. Desde hace muchos años le abrí una cuenta para su boda. Y todos los meses le depositaba, con gran ilusión, para que tuviera una ceremonia de acuerdo con su categoría...

–Ésa es la boda que a vos te hubiera gustado tener, pero no la de Teti...

–No tenés que repetírmelo, estúpido.

Lena vuelve a sentarse en el sofá, con expresión de amargura.

–En este momento los deben de estar casando –comenta Erasmo.

–Qué vergüenza... No casarse por la Iglesia; un matrimonio sin la bendición de Dios. Todavía no puedo creer que eso le haya sucedido a mi hija. Y todo por su necedad... El dinero de esa cuenta lo dejaré también para Eri. Que no crea ese comunista que va a conseguir un centavo mío... ¿Qué estás haciendo?

–Lo que hace la gente cuando se encierra en el baño –dice Erasmo, antes de pujar con esfuerzo.

–Cochino... Estás podrido del estómago. Dejá de tirarte ventosidades. No me explico cómo aguanté dormir en la misma cama con vos durante casi dos años.

–Lena, sinceramente, sin ganas de molestarte, ¿no creés que ya es tiempo de que aceptés a Clemente?

–¡Nunca!

–No te exaltés. Pensalo con calma. Desde hace tres años Clemente es la pareja de Teti. Tienen un hijo juntos, nuestro nieto. ¿No te parece lo más lógico y conveniente que se casen y que vivan como un matrimonio normal?

–¡Tu lógica y tu normalidad son una aberración!

–Lo mejor es que aceptés la realidad. Clemente es y será el marido de Teti. Tarde o temprano tendrás que aceptarlo... –Erasmo puja de nuevo–. ¿Para qué te hacés la vida imposible y se la desgraciás a ellos? ¿Vos creés que para mí ha sido fácil esta situación? Pero Teti heredó tu necedad. Y no tiene sentido abandonar a nuestra hija...

–¡Es ella la que nos abandona! –grita, palmoteando en el brazo del sillón–. ¡Es ella la traidora, la que comete las peores estupideces con tal de llevarme la contraria!

–Lo hecho, hecho está... Deberías tratar a Clemente. No es un mal tipo. Deberías hablar con él. Yo también le tuve desconfianza, pero ya no. No se le ven malas intenciones.

–En algunas cosas sos ingenuo o te hacés, por conveniencia... Bien sabés que ese tipo es comunista: participó en el golpe de Estado contra el general Martínez, por eso lo echaron del país...

–Ese golpe de Estado no lo dieron los comunistas, Lena. No te confundás. Lo dieron los americanos... Clemente quiere lo mejor para Teti. Hay que darle una oportunidad.

Erasmo exhala con alivio; enseguida procede a limpiarse.

–Yo no estoy para darle oportunidades a tipos de esa ralea. Ése no tiene bien ni oficio. ¿A qué se dedica, ah?

–Es locutor, publicista, promotor artístico, qué sé yo...

–No me hagás reír: mi hija casada con un locutor, con un promotor artístico... Un vago, un vividor, un estafador, eso es. ¿Cómo hará para mantenerla? ¿Cómo hará para satisfacerle los gustos a esa niña caprichosa acostumbrada a gastar lo que quiere? Decime... No tiene con qué. Nosotros terminaremos pagando todo. Qué gracia...

Luego de tomar la camisa y la corbata, Erasmo ha comenzado a arreglarse, frente al espejo del lavabo, como si ahora mismo fuera a salir del baño.

–Yo ya hablé con Teti. Ella está consciente de que al casarse con Clemente e irse a vivir a San Salvador tiene que cambiar su ritmo de vida...

–Hacés bien en hablar con ella porque yo no le voy a enviar ni un centavo. Vos tendrás que pagarle su maridito y sus demás caprichos...

–Comprendela, Lena –dice, afinando otra vez el nudo de la corbata–. Está enamorada. Alguna admiración merece quien está dispuesta a sacrificarse por su amor.

–¿Dispuesta a sacrificarse? Otra vez me querés hacer

reír... No se va con ése por amor, por sacrificio; se casa por necedad, por capricho, por llevarme la contraria, por maldad...

—Quiere ser independiente y vivir con su marido. Eso es todo —dice, palmoteando con un poco de loción sus mejillas.

—Escuchame bien, Erasmo: nunca voy a aceptar ese matrimonio, nunca voy a tratar con ese comunista. Más les vale que se vayan a vivir a San Salvador, porque aquí voy a hacerles la vida imposible.

—Se van a ir, no te preocupés. Pero vamos a perder a Eri...

—¡Nunca!

De un salto, furiosa, Lena ha llegado frente a la puerta del baño.

—Son sus padres...

—¡Nunca! ¡Eri se queda con nosotros! ¡Eri es nuestro!

—Ésa es otra de tus guerras perdidas, Lena —dice Erasmo, quien también está frente a la puerta, del otro lado, listo, como si ahora mismo fueran a abrirle.

—¡Al niño nunca me lo van a quitar! ¡Tendrán que pasar sobre mi cadáver! —aúlla Lena.

—Esta misma tarde vendrán por él...

—¡Parece que estás de acuerdo con ellos, canalla!

—No es correcto quitarle el hijo a tu hija.

—¡No me vengás a hablar de lo que es correcto!

—No lo lograrás...

—¡Estás con ellos, traidor! —vocifera, golpeando la puerta enérgicamente con su dedo índice, como si fuese el pecho de Erasmo.

—No me necesitan. Entendelo, Lena. Eri es hijo de Clemente y de Esther. Ha estado con nosotros estos dos años porque enviamos a su madre a Estados Unidos luego de que él nació. Pero su estadía con nosotros ha sido temporal. Ahora que Teti ha regresado a casarse se llevará a su hijo, aunque vos te opongás...

–Pelearé como leona para que no me quiten a mi niño...

–De nada te servirá. No es tu hijo...

–¡Claro que lo es! –grita Lena, gesticulando con violencia, a punto de saltar a golpes contra la puerta–. ¡Yo lo recibí con estas manos! ¡Y desde entonces yo lo he criado! ¡Y tengo un futuro para él! ¡Mi niño no caerá en las garras de esa pareja de atarantados! ¡Es mi heredero! ¡Parece mentira: lleva hasta tu mismo nombre y ya lo estás traicionando! ¡No lo entregaré! Se llama Erasmito Mira Brossa. Es nuestro hijo, aunque vos renegués. Ni siquiera tiene el apellido de ese comunista...

–Porque vos se lo quitaste, vos lo asentaste con nuestros apellidos, vos misma escribiste la partida de nacimiento en el juzgado después de amedrentar al juez y al secretario... Pero ahora el niño se tendrá que ir con sus padres...

–Hice lo que tenía que hacer... Eri es mío –dice mientras se dirige a la cama, en una de cuyas esquinas se sienta, despatarrada–. Es idéntico a mí. Tiene mi misma mirada, mis gestos, mi sonrisa, todos mis rasgos y, lo más importante, mi sensibilidad. Un niño inteligentísimo. Es como si yo lo hubiera parido...

–Pero no lo pariste. No podés seguir viviendo a punta de suplantaciones.

Ensimismada, Lena parece no escucharlo.

–Tendrá mis mismos gustos, clase, delicadeza, finura. No la chabacanería tuya y de tu hija, ni la vulgaridad de ese comunista. Eri es mi verdadero hijo, mi príncipe, mi heredero. ¡Nadie vendrá a quitármelo, nadie! ¿Escuchaste?

–Ya, dejame salir –dice Erasmo, dándole de sacudidas a la puerta.

–Y le tengo su futuro asegurado: estudiará con los jesuitas y luego lo enviaré a que se haga abogado en la Universidad de Salamanca. Es mi sueño. Heredará tu despacho y tu biblioteca. Y será dirigente del Partido, pero con más inteligencia que vos, inútil... Eri será presidente de la República... Con mi apoyo llegará hasta la cumbre...

–Te pasará igual que con Teti...

–¡¿Qué estás insinuando, estúpido?!...

–Que Eri vivirá su propia vida y seguramente no compartirá tus ideas enloquecidas –dice Erasmo, quien de pronto parece agotado, cabizbajo, con los brazos en alto y las manos apoyadas en la puerta.

–¡Eso es lo que vos quisieras, pero será como yo digo! ¡Y a vos no te importa, como ya asumiste al bastardo que te endosó la puta esa!... ¡El bastardo será tu heredero! ¡Por eso me querés quitar a Eri! Pero no lo lograrás...

–Yo no te quiero quitar a nadie. Aunque es mejor que se lo lleven.

–¿Qué estás diciendo?

–Que es mejor que se lleven al niño, es lo más conveniente.

–¡¿Cómo se te ocurre?!

–Erasmito debe crecer con sus padres, como todos los niños.

–¡Nosotros somos sus padres!

–Somos sus abuelos, Lena. Vos ya tenés cincuenta años, estás enferma de los nervios, enloquecida, ni vos misma te aguantás. Mirá cómo me tenés. No me quiero imaginar lo que le sucederá al niño si crece con vos...

–¡Imbécil! Conmigo Eri tendrá la mejor educación,

con principios y valores sólidos. Pero si cae en manos de esa pareja de atarantados, irresponsables, mi príncipe se echará a perder. Lo llevarán a El Salvador, una tierra maldita, de criminales y ladrones.

–Abrí la puerta, mejor.

–Me creés tonta. Querés llegar todavía a la fiesta, disculparte por el atraso, tomar tus jaiboles y brindar por quienes me quieren quitar a Eri... Pues no, no abriré la puerta. Estarás ahí hasta que yo esté segura de que la orgía de esos miserables ha terminado...

–Estás metiendo las patas, Lena. No habrá fiesta: sólo la ceremonia y el brindis. Yo pensaba hacer acto de presencia nada más durante la ceremonia; no tenía intención de quedarme...

–Pues no serás testigo, ni beberás el brindis.

–Eso ya pasó. Lo importante era encontrarme con Zuñiga y otros correligionarios...

–¿Qué querés decir?

–La boda de Teti nos iba a servir de pantalla para tener una reunión privada con algunos del Comité Central. Aún puedo llegar a tiempo...

–Creés que soy bruta...

–En serio, Lena. De la casa de Zuñiga planeábamos salir, con muchas cosas resueltas, a otra reunión importantísima en el Partido, a las doce en punto. Posiblemente llegue el propio general... Me deben de estar esperando.

Lena se ha tranquilizado; mira hacia la puerta del baño, dubitativa.

–En cualquier momento volverá a sonar el teléfono. ¿Qué les dirás: que estás a favor de los liberales y en contra de los planes que estamos impulsando para limpiar lo que queda de ellos?

–No te creo ni el bendito...

–Pues deberías...

–¿Y para qué se van a reunir?

–No seás curiosa.

–¡Contame si querés que te deje salir!

–No tengo por qué contarte nada.

–¡Claro que tenés que contarme! ¡Quiero saber a qué vas al Partido!

–A una reunión. Ya te dije. Y vos sabés para qué y por qué, no tengo que darte detalles. ¿Qué ha pasado otras veces, ah? Una filtración y todo se ha ido al carajo.

–¡¿Estás insinuando, miserable, que por culpa mía fracasó la primera conspiración?! ¡¿Estás insinuando que por culpa mía pusieron esa bomba que destruyó el frontispicio de la casa y por poco nos mata?! –vocifera, aún despatarrada en la esquina de la cama–. ¡Vos y tus compinches son una partida de inútiles! ¡Casi matan a mi Eri por tu estupidez!...

–Calmate. Estoy hablando en general. No estoy diciendo que vos hayás tenido la culpa de nada. Y aún no sabemos de dónde salió la filtración esa vez...

–¿Y de dónde va a ser, tarado, si no de Berta y de Zuñiga?... Estoy segura de que ella fue de bocona con uno de esos militares liberales con los que se acuesta –dice Lena, quien saca un sacudidor del bolsillo de la bata y limpia la mesita del centro de la sala–. No deben confiar en los Zuñiga: ni los maricones ni las putas son de confiar. Vos sos el presidente del Partido y debés advertirle al general que Zuñiga y su mujer son unos bocones.

–Ésa es una acusación demasiado delicada, Lena –dice Erasmo, ahora apoyado de espaldas en la puerta–. No se puede ir por la vida acusando sin pruebas a los correligionarios.

–¿Qué pruebas querés tener? Nunca tendrás ninguna –dice ella, mientras pone sobre la cama el despertador, la lámpara y la cartuchera con el revólver que estaban sobre la mesita de noche–. La política es intuición para detectar a los delatores, bruto... Nunca aprenderás.

–Ya corrimos a los liberales, Lena. Entendé. Ahora nosotros estamos en el poder.

–Pues bien nos irá si las reuniones las estás teniendo donde Zuñiga y Berta... –dice Lena con sarcasmo y frota con esmero la mesita de noche.

–Ahora todo está amarrado con los militares nacionalistas. No hay vuelta atrás...

–¡Ese coronelito Oswaldo López no es nacionalista! Ése es un pillo, un oportunista y un traidor. Tan feliz que estaba como jefe de las fuerzas armadas en el gobierno de los liberales y ahora viene a resultar que se convirtió en nacionalista. ¡Cómo no!... Sólo porque ustedes le fueron a ofrecer que encabezara el golpe de Estado, partida de mediocres...

–Otra vez con lo mismo –dice Erasmo, balanceándose sobre sus talones y dejándose caer de espaldas contra la puerta.

–¡Ese bandido fue quien nos vino a poner la bomba en la casa cuando supo del primer intento de golpe en el que no estaba incluido! –exclama Lena–. ¡Casi mata a Eri!

–Puede ser, pero ahora la situación es distinta. Somos aliados...

–Semejante coronelito no es ningún nacionalista y te va a traicionar, escuchame bien. Quería ser candidato presidencial de los liberales y como éstos no lo dejaron, se encaramó en nuestro movimiento... ¡Valiente nacionalista!...

Lena regresa el despertador y la lámpara a la mesita de noche; toma la cartuchera y la observa.

–Lo primero que hizo fue poner a salvo a esos malditos liberales en Costa Rica, en vez de meterlos en la cárcel. Como eran sus antiguos jefes...

–Dejame salir ya –reclama Erasmo.

–Hasta que den las doce, para que te vayás directo al Partido y no a abrir la bocota donde Zuñiga y Berta...

Lena saca el revólver de la cartuchera, empuñándolo, con curiosidad.

–¿Y esta pistola, de dónde salió?...

–Es nueva. Me la dio el general después del atentado...

–¡¿El general te regaló una pistola y no me lo habías contado, infame?! –exclama Lena, apuntando hacia la puerta del baño.

–Con tanto desbarajuste, es normal que se me olvidara.

–¿Qué hiciste con la otra pistola?

–Está en mi oficina.

–Espero que me estés diciendo la verdad –dice Lena, olfateando el revólver–. Y ojalá sea cierto lo de esa reunión en el Partido...

–No tengo por qué mentirte.

–¡Cínico! Toda la vida me has mentido, me has engañado... –Con un rápido movimiento Lena apunta de nuevo hacia la puerta del baño.

–Yo he tratado siempre de ser sincero con vos. Pero de nada sirve...

Erasmo vuelve a sentarse en el borde de la bañera, tira de las cortinas y abre los grifos del agua.

–Gran sinceridad la tuya... Por eso no me enteré de la puta hasta después que todo el mundo lo sabía... Por eso no me enteré de que aprobabas la boda de esta niña hasta el último minuto... No digás tonterías... –dice Lena, guardando el revólver en la cartuchera sobre la mesa de noche–. ¿Qué estás haciendo?

–¿Qué creés que voy a hacer? Me dispongo a meterme a la tina, a tomar un baño, para relajarme y dejar pasar estos quince minutos, para evitar que me contagiés tu locura.

–Hacé lo que querrás, pero de ahí no salís hasta las doce.

–Caramba, ya le encontraré la gracia a estar encerrado –dice Erasmo, sin moverse del borde de la bañera, viendo correr el agua.

–No vayás a encharcar el baño. Te lo advierto. Lo acabo de limpiar... –Lena guarda el sacudidor en el bolsillo de la bata, toma el trapeador que estaba tirado por el sofá y se dispone a salir de la habitación–. Y tampoco te dediqués a hacer cochinadas...

–Las cochinadas están en tu mente.

–A ver, ¿cómo es que tenés una reunión tan importante y te metés tranquilamente a la bañera? –pregunta Lena, quien se ha quedado en el umbral de la puerta de la habitación.

–No me voy a pasar todo el rato sentado en el retrete.

–Mentiroso...

–Yo quiero ver qué pasará esta tarde –dice Erasmo, mirando su reloj de pulsera–, cuando Clemente y Teti vengan por el niño...

–¡Dejá de provocarme!

–No los dejarás entrar. Entonces ellos tendrán que ir al juzgado a demandarte...

–Que vayan a donde quieran.

–Y el juez no tendrá más remedio que dictar una orden para que entregués el niño...

–Todos los jueces me respetan, estúpido. Ninguno va a dictar una orden en contra de Lena Mira Brossa.

–Vos seguirás empecinada, pero te lo quitarán a la fuerza...

–Nadie me quitará a Eri, entendelo.

–Habrá gran escándalo. Y la prensa se dará cuenta, porque en este pueblo todo mundo se entera de todo. ¿Eso es lo que querés, verdad? –dice Erasmo; se ha puesto de pie y ahora habla con grandilocuencia–. Y entonces los liberales dirán: «Vean, así se comportan los dirigentes nacionalistas...».

–No me vengás con chantajes tan burdos...

–¿Qué harás, ah? ¿Matarás a Eri antes que entregárselo a sus padres? ¿Se te deslizará de las manos?

–¡Ni se te ocurra pensar algo así, canalla!

–¿Qué harás, Lena?

5

Erasmo entra en la cocina, ya acicalado, listo para salir aprisa hacia la calle; Lena está sentada, limpiando un cuenco de arroz.

–¿No vas a almorzar?

–Te repito que desde hace media hora tenía que estar en una reunión importante en el Partido.

–No pueden comenzar si vos no has llegado –dice Lena, sin alzar la vista del cuenco de arroz–. Para eso sos el presidente, ¿no?

De súbito suena la chicharra del timbre de la calle, empotrada en un rincón alto y profundo de la cocina.

–Odio ese timbre –masculla Lena.

El timbre vuelve a sonar con insistencia.

–¡¿Qué les pasa, escandalosos?! –exclama–. Van a asustar a mi Eri...

Y en efecto, un bebé empieza a llorar al fondo del pasillo.

–¿Quién será el estúpido? –dice, poniéndose de pie, agitada–. Ya asustaron a mi niño.

Erasmo bebe un vaso de agua.

–¿Por qué no vas a abrir? –lo increpa, mientras ella entra al pasillo–. ¿Estás sordo o qué?

–¿Y la criada? –pregunta Erasmo; busca una servilleta para secarse la humedad en las comisuras.

–Ésa sólo sirve para lavar los pañales. ¡Corré, antes de que asusten más a mi niño! –ordena Lena ya desde la habitación del fondo.

–Espero que sea el chofer, así me voy de una vez... –dice Erasmo. Toma su sombrero de la percha, se lo pone y cruza la sala hacia la puerta de la calle.

Pero luego de abrir la puerta, se echa para atrás.

–¡Papito! –exclama Teti, tirándose a los brazos de Erasmo. Clemente permanece en el umbral.

Ella es pequeña, menuda; viste un traje sastre color hueso con un broche de oro en la solapa.

–Pasen –dice Erasmo, aún desconcertado.

–Qué tal, abogado –saluda Clemente, enfundado en un traje negro, con una camisa blanca almidonada y la corbata roja; tiene el cabello negro peinado con gomina hacia atrás y un bigote entrecano; usa gafas de carey oscuro.

–¡Papito, nos quedamos esperándolo! –exclama Teti, tomando a Erasmo de la mano–. ¿Qué pasó? ¿Por qué no fue?

Erasmo y Teti caminan hacia la cocina; ella no le suelta la mano. Clemente va detrás, sigiloso, atento, como si esperara que de pronto le dieran un zarpazo.

–¿Quién era, Erasmo? –grita Lena desde el pasillo.

–Teti y Clemente –dice Erasmo, con naturalidad, al entrar a la cocina.

Lena viene con Eri en brazos, cuchicheándole, mimosa. Se para en seco; su rostro se endurece.

–¿Y ésta? –pregunta, severa, como pidiéndole cuentas a Erasmo.

–¡Mi hijito! –exclama Teti; suelta la mano de Erasmo y se abalanza hacia Eri–. ¡Amor mío!

Pero Lena se da la vuelta rápidamente y cubre con su

cuerpo a Eri, amenazante, impidiendo que Teti pueda tomarlo.

–¡¿Adónde vas, qué se te ha perdido?! –exclama Lena,
con ferocidad.

–¡Pero, mamita! –dice Teti; se ha quedado con los brazos caídos, el rostro descompuesto, a punto del llanto.

Eri la mira con curiosidad, por sobre el hombro de
Lena; le sonríe.

–¡Desvergonzada! No sé qué has venido a hacer. Después de tres días de no aparecer por aquí. ¡Acaso creés que
esto es un lupanar para venir cuando se te dé la gana!

–Lena... –dice Erasmo, llamándola a la compostura.

–¡Y vos, qué! –lo reta.

–Supongo que Teti y Clemente, ahora que ya están casados, vienen por Eri –dice Erasmo, con firmeza.

–¡Insolente! ¡Ahora resulta que sos su abogado!... ¡Y Eri
no va a ningún lado, se queda conmigo; ésta es su casa!

Clemente ha permanecido cerca de la entrada de la
cocina, resguardado tras Erasmo. Lena no se ha volteado
para verlo, como si él no existiera, como si nunca hubiera estado ahí.

–Mamita... Eri es mi hijo... –balbucea Teti; tiende de
nuevo sus brazos hacia el niño–. Venga conmigo, mi
amor...

Eri trata de soltarse de los brazos de Lena; ésta lo ve
con severidad. Pero el niño realiza movimientos más de-
cididos. Lena lo pone en el suelo y le toma la manita.

Teti se acuclilla para que Eri camine hacia ella.

–Vamos a prepararle su leche a mi niño –dice Lena y
jala a Eri de la manita para que la acompañe al frigorífico.

Teti permanece acuclillada unos segundos, con el rostro desencajado.

Erasmo ha vuelto a poner el sombrero en la percha. Jala una silla y se sienta.

–Tome asiento –le dice a Clemente.

Éste duda un instante, pero enseguida se sienta a la par de Erasmo; ha sacado del bolsillo del saco una cajetilla de cigarrillos y un encendedor plateado.

–¿Puedo? –le pregunta a Erasmo.

–Por supuesto. Está en su casa –dice Erasmo.

Frente al lavatrastos, Lena vierte la leche en el biberón; se voltea a ver un segundo a Erasmo, con desprecio. El niño está de pie, quieto, observando los movimientos de Lena.

Teti ha permanecido unos pasos atrás de Eri, con ganas de abalanzarse para tomarlo, pero una mirada de Lena ha bastado para inmovilizarla.

–Mamá, hemos venido por Eri –dice Teti, tratando de entonar con firmeza–. Ya nos casamos. Ya soy mayor de edad. Y Eri es nuestro hijo.

Lena entrega el biberón al niño y lo alza nuevamente en sus brazos.

–¿Y quién te ha dicho a vos que ese casamiento tiene el menor valor? –exclama Lena, mientras hace movimientos compulsivos, arrullando al niño que succiona el biberón–. Uno se casa ante Dios. Si uno no se casa ante Dios, no se casa ante nadie. ¿Creés que me vas a engañar a mí con toda esa farsa que montaste con la complicidad de Berta y de este canalla? –Lena señala a Erasmo–. Yo no nací ayer, estúpida, conozco las leyes...

–Por favor, mamá...

–Y ni se te ocurra repetir eso de que venís a llevarte a Eri, ¿entendés? De aquí Eri sale sobre mi cadáver...

Clemente ha encendido un cigarrillo; se quita las gafas, las pone sobre la mesa y se frota los ojos con los dedos pulgar e índice de su mano izquierda.

–Lena, cambiá ya tu actitud, aceptá –dice Erasmo–. Vos sabés que el matrimonio es legal. Los ha casado el abogado Molina, que también es magistrado...

Eri tira el biberón y se remueve para que Lena lo baje al piso.

–Qué le pasa a mi príncipe... –dice Lena, poniendo al niño de pie en el piso–. Quiere jugar con *Juventino*...

Un gato negro ha entrado ronroneando, moviendo la cola, untuoso. Eri trata de tomar al gato, pero éste se le escabulle. Lena ha recogido el biberón y limpia con un trapo las gotas de leche que se derramaron en el piso.

–Ese Molina es un bueno para nada –dice Lena, enjuagando el trapo bajo el grifo–. No sé cómo lo has llevado a la Corte. Cómplice de tus borracheras es. Ya me pagará esta traición...

Teti aprovecha para tomar a Eri en sus brazos. Lo besuquea; el niño trata de evitar sus besos y, agitando los pies, señala al gato.

–¡Mi hijito! –exclama Teti, con ternura, sin soltar al niño.

–¡Soltalo! No ves que prefiere ir a jugar con el gato que estar con vos... –dice Lena.

Eri gimotea hasta que Teti lo pone en el piso; de inmediato corre hacia el gato que se mete entre las patas de las sillas.

–Mamá, no tiene por qué ser tan cruel –dice Teti, acercándose a Lena.

–¿Cruel yo? Aquí la única cruel sos vos: tenés tres días de casi no venir a casa, metida como una cualquiera en un hotel con un don nadie; montás la farsa de un casamiento sin la autorización de Dios ni de tus padres, sólo en contubernio con una víbora intrigante como Berta, para dejarnos en ridículo ante la gente decente de este país. Volveme a hablar de crueldad...

Clemente hace una señal con el cigarrillo a Teti, para que le consiga un cenicero donde tirar la larga ceniza.

–Nos llevaremos a Eri y pasará con nosotros la noche en el hotel –dice Teti apresuradamente, como si recitara un parlamento que ha practicado muchas veces, apoyada en el respaldo de una silla, sin enfocar a Lena–. Mañana partiremos hacia El Salvador...

–¡¿Qué decís?! –vocifera Lena, enfrentando con mirada feroz a Teti–. Ustedes tienen que estar locos. ¡Ni se les ocurra!

–No te podés oponer a ello –le dice Erasmo, con calma–. El niño debe estar con sus padres; son un matrimonio y el niño es de ellos.

En ese momento Eri se mete entre las patas de la silla de Clemente, persiguiendo al gato. Con un movimiento preciso, Clemente alza al niño y lo sienta sobre sus piernas.

Lena lo ve con el rabillo del ojo, inflamada, a punto de explotar, conteniéndose.

–Traidores... –masculla, como escupiendo a Erasmo.

Eri trata de alcanzar el cigarrillo de Clemente. Teti pone un cenicero sobre la mesa y aprovecha para tomar a Eri; lo vuelve a llenar de besos que el niño rechaza.

Lena ha permanecido apoyada en el lavatrastos, con la mirada perdida, completamente ausente.

–Vamos a venir en la tarde para recoger la ropita y los juguetes de Eri –dice Teti, al tiempo que pone de nuevo al niño sobre las piernas de Clemente.

De pronto, Lena vuelve en sí; tiene una expresión relajada, hasta contenta, como si hubiera descubierto un secreto.

–Y vos, ¿qué hacés aquí? –le dice a Erasmo, casi con simpatía–. No era que tenías una reunión muy importante en el Partido, mentiroso...

Eri se ha bajado de las piernas de Clemente y esta vez sí logra coger a *Juventino;* el gato maúlla cuando el niño lo alza.

–Ya me voy –dice Erasmo, poniéndose de pie–. Y de una vez me los voy a llevar a ellos para dejarlos en el hotel.

–Pero Eri se queda –dice Lena, terminante.

Teti voltea a ver a Erasmo con expresión de impotencia; Clemente restriega la colilla en el cenicero.

–Si me lo piensan quitar, por lo menos que pase esta última tarde conmigo... ¿Verdad, mi amorcito?... –agrega Lena, mimosa, y tiende los brazos hacia el niño.

6

Lena irrumpe en la habitación.

–¡Mataron a Kennedy, hijita! –exclama, alzando las manos al cielo, cual si implorara.

–¿Qué dice? ¿Al presidente? –pregunta Teti, desconcertada, con un osito en la mano.

–Lo dijeron en la radio y Erasmo acaba de confirmarlo. ¡Lo mataron!

–No puedo creerlo... –dice Teti, boquiabierta; coloca el osito en una caja de cartón donde llevará los juguetes.

Lena se sienta en la cama; ahora está vestida con elegancia. Teti se sienta a su lado.

–¡Fueron esos comunistas malditos, estoy segura! –dice Lena, apretando con sus manos un pañuelo en su regazo–. Dicen que le dispararon en Dallas, cuando iba en el carro convertible, saludando a la gente...

–Es increíble... –comenta Teti.

–Pobrecito... Era tan joven. ¿Y qué será de Jaqui? Es casi una jovencita, y con esos niños de la edad de mi príncipe... Pobrecitos, quedarse de pronto sin su padre.

–Qué tragedia –comenta Teti, sin salir de su asombro.

–Hablé con Erasmo. Le dije que había que decretar de inmediato duelo nacional. Que por nada del mundo vayan a dejar solo a ese atarantado de Oswaldo, que lo único que sabe hacer es emborracharse cuando enfrenta situaciones difíciles.

Lena se limpia los ojos enrojecidos, llorosos, con el pañuelo y luego se suena.

–En la noche tendremos que ir a la embajada a dar el pésame –dice.

–¿Cómo pudo suceder algo así? La gente ha de estar conmocionada en Estados Unidos. Y mis pobres tías...

–¿Qué pasará ahora? –se pregunta Lena, angustiada, con la mueca y el tono de quien espera la inminente catástrofe.

–Qué horrible...

–Éste es el comienzo de la tercera guerra mundial, hijita –dice Lena, pensativa–. Los americanos no se pueden quedar así. No es posible que los comunistas cometan una barbaridad semejante y no la paguen... –De pronto Lena hace el gesto de quien ha descubierto algo: alza la cabeza, se yergue y, golpeándose la frente con la palma de la mano, habla con ritmo agitado–. ¡Claro! ¡Fue ese sinvergüenza de Fidel Castro! Tengo que decírselo a Erasmo para que se lo comunique de inmediato al embajador Michael Fernández. ¡Estoy segurísima! ¡Fue esa pandilla de comunistas cubanos!...

Lena sale deprisa de la habitación. Teti se hinca en el piso frente a un fuerte de soldados confederados rodeado por indios apaches: recoge los muñequitos y los echa en la caja de los juguetes; se dispone a desarmar el fuerte, cuando entra Lena.

–Erasmo ya salió del Partido; viene para acá –dice Lena–. ¿Qué estás haciendo?...

–Recogiendo los juguetes de Eri.

–¡Ni se te ocurra tocar ese fuerte! ¡Los juguetes de mi

príncipe se quedarán acá, para cuando él regrese! ¡Esos juguetes yo se los he comprado!

Teti se pone de pie, asustada.

–Podés llevarte algunas cosas que vos le compraste, como ese osito. ¡Pero los juguetes que yo le he comprado se quedan acá!

–Como usted diga, mamá. Pero no tiene por qué enojarse.

–¡Y con la ropa, igual! ¡Los trajecitos que yo le he comprado los usará cuando esté aquí! ¿Me entendiste?

Teti mueve la cabeza afirmativamente.

Lena voltea a ver la cuna cubierta con un mosquitero.

–¡Y la cunita tampoco te la podés llevar! –advierte.

–Pero si ésa me la regaló mi comadre Malena... –protesta Teti.

–No importa. Se la regaló a Eri para que viviera aquí, en la casa de su familia, en su país, no para que te la llevés a esa tierra de criminales. La cuna se queda; Eri la usará cuando regrese...

Teti guarda la ropita del niño en una maleta grande que está abierta en el piso, al pie de la cama. Lena permanece en el centro de la habitación, observando lo que Teti toma y lanzando una que otra mirada a su alrededor, para comprobar que no falte nada de lo que ella considera que no debe faltar. Luego camina hacia donde está la maleta y le echa una ojeada; también escruta la caja con los juguetes.

–Me da tanta pena saber que todas esas cosas de mi niño se las van a robar esos desgraciados –dice Lena–. Hay que ser bruta para vivir la vida como vos la vivís. ¡Ojalá no te arrepintás, porque aquí no vas a regresar! Ya te lo dije. ¡Si ese mal nacido te está engañando, como yo estoy segura de que sucede, ¡aquí no vas a regresar! ¡Ésta ya no es tu casa! ¿Te queda claro?...

Teti apenas mueve la cabeza afirmativamente, sin dejar de guardar ropa en la maleta, como conteniendo el llanto.

–¡Ésta ya no es más tu habitación! Vos la abandonaste para irte con ese cualquiercosa. ¡Y espero que nunca más lo volvás a traer a esta casa!... ¡Cómo se te pudo ocurrir semejante animalada! ¡A esta casa sólo entran mis animales, y no los tuyos! –exclama Lena, con sorna–. Con *Juventino* tengo más que suficiente...

Teti permanece de pie, inmóvil, frente al ropero, de espaldas a Lena; dos gruesas lágrimas corren por sus mejillas; trata de mantener la compostura, de no desmoronarse.

–¡De ahora en adelante esta habitación es exclusivamente de Eri! Porque ustedes no se quedarán en ese país mucho tiempo, no te hagás ilusiones. ¡Dios te va a castigar! Por mal agradecida y hereje. ¡Ese hombre es un polígamo! Pronto mi Eri estará aquí de nuevo. Así que no me desarmés nada.

Teti sigue guardando ropa en la maleta.

–¡Y tené mucho cuidado con mi niño! Debés estar atenta para evitar que esos salvajes le hagan alguna de sus maldades. ¿Me estás escuchando? ¡Ni Dios te salvará de mi ira si algo le sucede a mi príncipe!

Teti apenas mueve la cabeza, sin darse la vuelta a ver a Lena.

–¡Quiero ver quién te defenderá cuando aparezcan las otras mujeres de ese zamarro y te reclamen y te hagan la vida imposible!... –exclama Lena, quien ha vuelto a sentarse en la cama–. ¡¿No te das cuenta de que sólo sos una más de sus mujerzuelas?!

64

–Mamá, todo esto ya lo discutimos muchas veces –musita Teti, implorante–. No tiene sentido repetirlo. Déjeme en paz, por favor...

–Claro que tengo que repetirlo, porque no hay manera de que vos entendás...

Súbitamente Lena se pone de pie.

–¿Escuchaste? Creo que ya llegó Erasmo –dice y sale deprisa de la habitación.

Pero Erasmo ya viene por el pasillo.

–¡Fue ese desgraciado de Fidel Castro! –grita Lena, con agitación–. Te llamé al Partido para contarte, pero ya habías salido. ¡Sólo los comunistas cubanos pudieron perpetrar esa canallada!

Erasmo pasa de largo, sin saludar a Lena, hacia la habitación de Teti.

–¿Qué has sabido de nuevo? –pregunta Lena, a su espalda.

–Lo que te dije por teléfono –dice Erasmo.

–¿Hablaste con el embajador? –insiste Lena.

Pero Erasmo no le pone atención.

–Hola, papito –exclama Teti, cariñosa, y lo besa en la mejilla.

–¿Cómo va todo? –pregunta Erasmo, quien se ha fijado en los ojos llorosos de Teti y ahora observa la maleta abierta y la caja con juguetes.

–Aquí, preparando las cosas de Eri –dice Teti.

–¿Qué va a pasar ahora? –pregunta Lena–. ¿Ya expresó sus condolencias el Partido?

Pero Erasmo se ha ido a sentar a un sillón, con cara de hartazgo; se afloja el nudo de la corbata.

–¡Mira Brossa! –exclama Lena, furiosa–. ¡Ponéme atención! ¡Te estoy diciendo que Fidel Castro está detrás de la conspiración para asesinar a Kennedy y que tenés que llamar de inmediato al embajador Fernández para que se lo diga a las autoridades americanas! ¿Me entendés?

–Ya ellos lo sabrán, Lena. Los americanos saben más que nosotros... –responde Erasmo, fatigado, y enseguida se dirige a Teti–: ¿Y Clemente?

–Tenía que hacer otros mandados...

–¿Y a vos qué te importa Clemente?... ¡Estamos hablando de los asesinos de Kennedy! –grita Lena, excitada, plantándose frente a Erasmo–. ¡Te estoy diciendo que los comunistas se han desquitado por lo de Bahía Cochinos, que ese Kennedy bien que se la venía buscando, por cobarde, por dejar abandonados a todos esos pobres valientes, por no ser firme para sacar de la isla a esa escoria!

–No digás esas barbaridades, Lena.

–Ese fracaso ya se veía venir desde que se los llevaron a entrenar a Guatemala. ¿Por qué no los trajeron acá, ah? ¡Decime! Las cosas hubieran sucedido de otra manera. Nosotros ya tenemos experiencia, por eso pudimos sacar a ese granuja comunista de Arbenz, por eso el coronel Castillo Armas resultó victorioso, porque contó con nuestro apoyo...

–¿Y Eri? –pregunta Erasmo, sin poner atención a Lena.

–En el patio, jugando... –dice Teti.

Ha terminado de empacar la ropa del niño. Ahora trata de cerrar la maleta. Erasmo se levanta a ayudarla. Es una maleta muy grande, de cuero, con zíper y dos gruesas cinchas.

–Mi niño, es tan educado, tan caballero, tan parecido a mí –Lena ha cambiado súbitamente a un tono primoroso, como encantada; se ha acercado a contemplar por la ventana–. Mi príncipe puede pasar horas jugando solito, ensimismado, sin necesidad de ese jolgorio que tanto le gusta a la gente vulgar como ustedes...

Teti con mucha cautela empieza a guardar los juguetes, revisando cada uno, recordando, para cerciorarse de que ella los haya comprado. Pero Lena permanece observando el patio, ida, del todo ausente.

–¿A qué horas saldrán mañana? –pregunta Erasmo; ha vuelto a dejarse caer en el sillón.

–Tempranito –dice Teti.

Entonces Lena se voltea; su rostro expresa una angustia extrema.

–¡No se pueden llevar a mi niño! –explota, agitando los brazos–. ¡Se va a desatar la tercera guerra mundial! ¡Los americanos van a atacar, estoy segura, y los comunistas responderán! ¡Habrá una catástrofe!... ¡Sería una irresponsabilidad que se fueran mañana! Las carreteras serán peligrosas. ¡Debemos proteger a mi príncipe!

Erasmo bosteza. Teti mira a Lena con consternación; tiene un carrito de madera entre las manos.

–¡Sé lo que les estoy diciendo, par de imbéciles! ¡No voy a permitir que se lleven a Eri cuando hay una inminente amenaza de guerra mundial! En cualquier momento comenzarán a explotar las bombas atómicas. ¡El niño tiene que permanecer aquí con nosotros en estos momentos de peligro!

–Lena, no hay peligro de ninguna guerra. Y si hubiera una guerra mundial nos moriríamos todos en todas partes –dice Erasmo, poniéndose de pie, dispuesto a salir de la habitación–. No exagerés.

–¡Tarado! ¡No te estoy pidiendo tus comentarios estúpidos! ¡Y no me vayás a dejar hablando sola! –Lena se ha colocado, enérgica, en el umbral para impedir el paso de

Erasmo; éste toma la maleta de la agarradera y la alza, calculando el peso–. ¡Ustedes dos no reaccionan, par de atarantados! Se han confabulado contra mí y contra Eri, en complicidad con esa partida de pícaros, encabezada por Clemente y la tal Berta. ¡Pero no se saldrán con la suya! ¡Menos aún en un momento como éste, cuando los comunistas nos están atacando!

Teti se ha sentado en el borde de la cama, con los hombros caídos y las manos en el regazo.

–¿Ya terminaste con los juguetes, hijita? –le pregunta Erasmo, husmeando en la caja.

Pero Teti apenas traga saliva, con la pesadumbre en el rostro.

–¡Quiero que sepás que nunca te voy a perdonar, porque sos una desgraciada, una infeliz! –exclama Lena con la mayor de las furias, agitando su dedo acusador frente al rostro de Teti–. ¡Casarte con ese don nadie ya fue una desvergüenza! ¡Pero venir a quitarme a mi niño para llevarlo a una guarida de rufianes, eso no tiene nombre ni te lo perdonaré jamás! ¡Te odio, maldita! ¡Y te llevás mi maldición!

Entonces Lena se da la vuelta con violencia para salir a toda prisa de la habitación, pero en ese instante viene entrando Eri, a quien se lleva entre las piernas. El niño cae al suelo, asustado, y de inmediato empieza a llorar.

Teti también está deshecha en llanto; Erasmo se ha acercado a consolarla.

Lena se agacha, afligida, hecha un manojo de nervios, a recoger al niño.

–Mi príncipe... –dice.

Segunda parte
(Del archivo de Erasmo Mira Brossa)

1
La carpeta de la guerra

Doña Esther Mira Brossa de Aragón
San Salvador
Tegucigalpa, martes 28 de mayo de 1969

Querida hija:

La presente es para llamarte la atención sobre el hecho de que estamos muy preocupados por ustedes. La relación entre los dos países se está deteriorando rápidamente. Nadie sabe a ciencia cierta lo que sucederá en el futuro. Algunos estamos haciendo esfuerzos para que la situación no se precipite, pero los ánimos están encendidos.

Tú debes considerar la posibilidad de regresar en el corto plazo a tu patria. No es conveniente que como hondureña estés en El Salvador cuando la relación entre los dos países es tan tensa; no es razonable que te expongas ni que expongas a los niños.

He conversado largamente con nuestro embajador y amigo, el abogado Gálvez, quien cortésmente te llevará esta carta y me ha confirmado que lo más conveniente sería que tú y los niños estén listos para regresar a Honduras lo antes posible; también me ha dado garantías de que ante cualquier eventualidad priorizará tu salvaguarda.

No debés olvidar que el embajador y yo somos amigos y correligionarios desde la época de la Facultad de De-

71

recho y que cuenta con toda mi confianza; tampoco debés olvidar que no sólo eres una distinguida ciudadana hondureña y primera secretaria de la embajada, sino que eres hija de un alto funcionario del Gobierno de Honduras, con todo lo que eso significa en este momento.

Te pido que evites tocar temas delicados en nuestras conversaciones telefónicas y que utilices siempre la valija diplomática para enviar tu correspondencia.

Te ruego, además, que comprendas a tu madre, a quien ha afectado de manera considerable toda esta situación de conflicto con El Salvador; sabes que ella te ama y que, si a veces le gana la grosería, es porque no puede controlar sus nervios. Ya he hablado también con ella, muy seriamente, para que evite esas llamadas telefónicas llenas de insultos contra los salvadoreños que sólo pueden redundar en tu contra.

Bueno, hijita, me despido. Saludos a Clemente, abrazos a los niños.

Tu padre que te quiere,

Abogado Erasmo Mira Brossa
c.c. archivo EMB.

San Salvador, jueves 5 de junio de 1969

Adorado papito:

¡Qué cosas más horribles las que están sucediendo! ¡Cómo la gente puede enloquecer sin motivo alguno! Aquí los periódicos hablan de las barbaridades que supuestamente se cometen en Honduras contra los salvadoreños radicados allá. Dicen que los están matando para quitarles las tierras y que por eso ha comenzado un éxodo de retorno. Yo creo que exageran; no es posible. Pero la campaña de prensa contra Honduras es intensa, los rumores corren de boca en boca y la gente se los cree.

El señor embajador se ha reunido con nosotros y nos ha explicado que las perspectivas no son buenas, que debemos resistir las provocaciones. No me explico cómo dos países hermanos y vecinos pueden entrar en tanta discordia. Tengo la esperanza de que la situación no pase a más y que pronto se calme.

Le suplico que insista con mi mamita para que ella se abstenga de hacer esas llamadas intempestuosas en que sólo se dedica a reclamarme, a exigir que regrese inmediatamente a Honduras. Clemente también me ha dicho que debemos ser cuidadosos con las llamadas telefónicas y evitar al máximo los malentendidos.

Yo me siento segura junto a Clemente; su familia y nuestras amistades se han comportado en todo momento solidarias conmigo. Por nada del mundo abandonaría en este momento a mi marido. Espero que usted y mi mamita me comprendan. Los niños están bien y apenas se enteran de lo que está sucediendo.

Con todo mi amor,

Teti

San Salvador, martes 10 de junio de 1969

Papito adorado:

Las cosas se complican cada día más. La campaña en la prensa, la radio y la tele contra Honduras es horrible:

dicen que están matando a cientos de salvadoreños, que los destazan a machetazos y luego los rematan a tiros para quitarles sus tierras y sus pertenencias por el solo hecho de ser salvadoreños. Papito, eso no puede ser cierto. Yo quiero que usted me dé la seguridad de que eso no está sucediendo. El embajador dice que es una conspiración para atacar a Honduras, que nada de eso es verdad. Clemente prefiere no opinar, pero también está preocupadísimo; yo comprendo que él prefiera no hacer juicios sobre lo que dicen los noticieros, pues como gerente de publicidad del Canal 4 debe ser prudente.

Y esos partidos de fútbol para ver quién clasifica al Campeonato Mundial sólo han venido a empeorar las cosas. Después de la derrota de anteayer del equipo salvadoreño en Tegucigalpa, le juro que yo tuve miedo de que las turbas llegaran a agredir la sede de la embajada. El doctor Gálvez temió lo mismo y por eso le exigió al Gobierno salvadoreño vigilancia especial; igualmente se comunicó con el embajador de Estados Unidos para comentarle la situación. El ambiente es como para linchar hondureños, pero por suerte no ha pasado a más.

Dicen los periódicos que turbas de fanáticos hondureños no dejaron dormir a los jugadores salvadoreños, haciendo un ruido infernal frente al hotel donde éstos se hospedaban, a lo largo de toda la noche, y que en ese hotel, el Belmont, a los salvadoreños les sirvieron comida podrida en el desayuno para que les diera diarrea, que por eso El Salvador perdió ante Honduras uno a cero. Yo no sé nada de fútbol y lo odio, pero me parece una imbecilidad que por un juego deportivo dos países se peleen.

Anoche, Clemente estaba preocupado, como ausente. Le pregunté qué le sucedía. Me respondió que a veces temía lo peor: que hubiera una guerra. Le pregunté qué lo llevaba a pensar eso. Me dijo que nada más era un miedo, pero me dejó pensando. Clemente atiende a un par de grupos de alcohólicos anónimos integrados por altos jefes militares. Insistí en que me contara si había escuchado alguna información que le hiciera pensar en que habría guerra. Me aseguró que no, que nada más era un miedo.

Papito, me gustaría que usted fuera franco conmigo: ¿realmente puede haber una guerra? Sería horrible; yo no sé qué haríamos. Usted debe hacer todo lo posible por que eso no suceda; a usted lo escucha el presidente López Arellano y los demás miembros del Gobierno. Prométamelo, por favor.

Quiero contarle, además, que mi mamita no ha podido controlarse, pese a las advertencias que usted le haya hecho. Me ha llamado en dos ocasiones, a media tarde, como si a esa hora le entrara la angustia. La primera vez comenzó a decirme, con buenas maneras, que yo debo regresar de inmediato, antes de que sea demasiado tarde; pero cuando yo traté de explicarle mis razones para permanecer en mi casa junto a mi marido y mis hijos, ella empezó a gritarme que llevo la traición en la sangre, que me arrepentiré de mi actitud, que si no regreso me convertiré en una vendepatria. Yo creo que es muy delicado ponerse a hablar a través del teléfono de traición y esos asuntos, tal como usted me advirtió, pero ella no hace caso. La segunda llamada, ayer, fue peor: ni siquiera pude hablar: desde que levanté el auricular comenzó a gritarme que todo lo que dice la prensa salvadoreña sobre lo que está sucediendo en Honduras es mentira, que los salvadoreños allá nunca han tenido nada, que las tierras en que están asentados no son de ellos, que esas tierras pertenecen al patrimonio del Estado de Honduras y que ellos se las han robado... Bueno, no le tengo que repetir lo que ella piensa. Pero haga otro esfuerzo, papito, de convencerla de que esas llamadas nos pueden poner en peligro a los niños y a mí. Yo no le he querido comentar nada de estas últimas llamadas a Clemente para no preocuparlo más.

Escríbame, papito, para decirme lo que en verdad está pasando.

Lo quiero con toda mi alma,

Teti

Doña Esther Mira Brossa de Aragón
San Salvador
Tegucigalpa, jueves 12 de junio de 1969

Querida hija:

Insisto en que consideres regresar de inmediato a tu patria. La situación es delicadísima. Algunos, en ambos países, hablan de una eventual guerra; no sé si eso sucederá. La fuerza de los acontecimientos parece indetenible. Te repito que consideres, aunque sea por un periodo breve (hasta que termine la crisis), venirte con los niños a nuestra casa; yo estoy seguro de que Clemente sabrá arreglárselas por un periodo sin ustedes. Hablaré de nuevo con tu madre para que se abstenga de hacer esas llamadas comprometedoras, pero tú ya la conoces.

Saludos a Clemente y a los niños.

Tu padre que te quiere,

Abogado Erasmo Mira Brossa
c.c. archivo EMB.

76

San Salvador, lunes 16 de junio de 1969

Papito adorado:

Le escribo a la carrera, desde la embajada. Todos estamos muy asustados aquí. Clemen no quería que viniera a trabajar; me dijo que mejor me quedara en casa. Pero insistí en que me trajera. De hecho, varios prefirieron no presentarse. El embajador sí está aquí y nos ha pedido calma. Parece que mañana partirá a Tegucigalpa para consultas; supongo que usted lo verá en la Casa Presidencial; le pediré que él mismo le entregue esta carta. Hay policías en los alrededores y frente al edificio de la embajada, ante cualquier eventualidad.

Lo que le han hecho a los futbolistas hondureños ha sido muy feo, pero peores han sido los padecimientos de los compatriotas que vinieron a ver el partido y lo que nos tocó pasar a nosotros. Desde el jueves ya la cosa se veía venir. Yo llamé a mis amistades para que ni se les ocurriera viajar hacia acá. Por suerte casi ninguno de mis amigos hondureños es fanático del fútbol, pero Bobby y mi comadre Malena me confesaron que en algún momento se les ocurrió aprovechar el partido para venir a visitarme. Les dije que ni locos. Las cosas no están para arriesgarse.

Desde el viernes la gente andaba enloquecida en las calles, no sólo en San Salvador, sino en todo el país, y agredían a cualquier carro que tuviera placas hondureñas. Recibimos muchas llamadas aquí en la embajada, pero no podíamos hacer nada. Clemen pasó a recogerme a mediodía y ya no regresé a trabajar en la tarde.

El sábado la situación aún empeoró. En la radio, en los periódicos, en la tele, todo mundo sólo hablaba del partido de fútbol del domingo, diciendo pestes sobre los hondureños, denunciando los crímenes que supuestamente realiza la «Mancha Brava» en contra de los salvadoreños en Honduras. Esta «Mancha Brava» no sé de dónde ha salido. El embajador dice que es un invento de la prensa salvadoreña, pero según Clemen se trata de grupos de campesinos organizados por los militares para poner orden en el campo, similares a los que hay aquí en El Salvador, que precisamente se llaman Orden. Clemen y yo preferimos quedarnos en casa, en vez de ir a la cervecería Mundial, donde vamos todos los sábados a mediodía y donde yo tomo mi par de cervecitas y Clemen sus aguas minerales y la sopa de mondongo que tanto le gusta. Bueno, Clemen me dijo que fuéramos, que no habría ningún problema, que yo no debía tener miedo; pero sólo de saber que en la Mundial pudieran tener un televisor encendido en el que transmitieran partidos de fútbol, como a veces hacen, se me fueron las ganas, porque la gente comenzaría a hacer chistes de Honduras y le dije que prefería quedarme en casa.

Como a las cuatro y media de la tarde recibimos la primera llamada, papito. Era Fred, el primo hermano de mi comadre Malena, que nos llamaba desde el hotel San Salvador, donde acababa de registrarse; venía como integrante de la directiva de la Federación de Fútbol de Honduras. Me dijo que Malena le había dado mi número y que quería saludarme y ponerse a mis órdenes; también me contó que había venido con su mujer, Ada Elena, la hija menor del doctor Gallardo. Habló emocionado, entusiasta: aseguró que todo iba a salir bien, que Honduras ganaría el partido y la calificación para el Campeonato Mundial de Fútbol. Me preguntó si yo iría al estadio. Le respondí que ni loca, que prefería ir a las luchas libres de la Arena Metropolitana de las que Clemen es fanático antes que al estadio. Le dije que sólo a un demente se le podía ocurrir que una mujer se iba ir a meter en medio de esas marabuntas de chusma salvadoreña y hondureña, que no fuera imprudente y dejara a Ada Elena en el hotel. Pero él se sentía muy seguro y me explicó que los directivos tendrían un palco especial, que no correrían ningún peligro, que él jamás expondría a su mujer. Le pregunté cómo estaba la situación en los alrededores del hotel. Me dijo que normal, que había grupos de aficionados salvadoreños con pancartas gritando consignas contra Honduras, pero que eso ya lo esperaban, y lo importante era que había agentes de seguridad resguardando las instalaciones del hotel.

La segunda llamada cayó como media hora después. Era Ada Elena; decía que cada vez había más gente a la entrada del hotel y que ella comenzaba a tener miedo, mucho miedo, me repitió, porque en ese momento estaba sola en su habitación del cuarto nivel desde donde podía apreciar la multitud que se aglutinaba en las calles y podía escuchar con claridad la agresividad de los insultos que lanzaban contra Honduras y las amenazas contra los hondureños que estaban en el hotel. Fred se encontraba entonces en la planta baja, en una sala de reuniones con los demás directivos de la federación, me explicó Ada Elena. Le dije que se calmara, que no fuera a la planta baja, que permaneciera en su habitación, que nada podía sucederle. Me dijo que lo mismo le había dicho Fred antes de dejarla, pero que esa marabunta de allá abajo se miraba dispuesta a todo, que ella prefería irse de ahí, que ella tenía tres meses de embarazo y estaba muy sensible. Sólo a un imbécil como Fred se le pudo ocurrir traer a su mujer embarazada a este zafarrancho.

Se lo comenté a Clemen, papito, porque comencé a ponerme muy nerviosa: le dije que ese Fred es un muchacho que nunca me ha dado buena espina, pero la pobre Ada Elena me tenía preocupada. Y también llamé al embajador y a otros compañeros de la embajada. Al embajador no lo encontré, porque se había dirigido precisamente al hotel, donde los directivos habían reclamado su presencia, según me dijo Mauro, su hijo menor, el único de su familia que aún permanece aquí. El cónsul me dijo que ya habían exigido al Gobierno salvadoreño que reforzara las fuerzas de seguridad alrededor del hotel para evitar una tragedia. Entonces tuve ganas de llamarlo a usted, papito, para que se comunicaran de gobierno a gobierno e impidieran que hubiera más agresiones contra los hondureños, pero en ese momento entró una nueva llamada. Era otra vez Ada Elena. La pobre estaba fuera de sí, víctima de un ataque de histeria, gritando que estaban rodeados, que no había manera de escapar, que había miles de personas alrededor del hotel y que de un momento a otro irrumpirían en el mismo para matar a los hondureños que se encontraban ahí, que no tenía forma de comunicarse con su familia en Tegucigalpa porque las líneas internacionales estaban cortadas, todo mundo en el hotel estaba aterrorizado, dijo, que por favor la ayudara y la fuera a sacar de ese lugar.

Clemen me dijo al instante que le diera los datos de Fred y Ada Elena, que él los iría a sacar, por lo menos a la chica, si el otro necio no quería abandonar el hotel por permanecer junto a los demás directivos. Le dije que yo lo acompañaría. Me dijo que no, demasiado arriesgado, que él iría solo. Pero yo me planté y al final terminamos yendo juntos. El hotel San Salvador queda en el propio centro de la ciudad. Íbamos sobre la avenida España, pero unas tres cuadras antes, casi frente al cine Majestic, Clemen dijo que estacionaría el carro a esa altura, que yo me debía quedar ahí y esperar a que él fuera hacia el hotel. Por supuesto que me negué. Caminamos una cuadra y nos encontramos con un retén de la policía, el cual ya no dejaba pasar gente hacia las inmediaciones del hotel, pues hasta ahí llegaba la multitud. Cuando vi aquel gentío enfebrecido yo también me asusté. ¡Era increíble, papito! Clemen me dijo que me regresara al carro, que la única manera de pasar era identificándose con la policía y mi credencial de diplomática hondureña era la menos recomendable en ese momento, mientras que él tenía su credencial de prensa del canal, y otras dos que le habían dado sus compañeros alcohólicos anónimos en la Policía y en la Guardia, con las que lograría pasar el retén con facilidad. Yo le dije a Clemen que me iría a encerrar en el Austin Cooper, pero me quedé cerca de los policías, curioseando, tratando de ver entre el gentío, rogándole a Dios que no fuera a suceder nada grave. No habían pasado ni quince minutos desde que Clemente había cruzado el retén y se había perdido entre la multitud, cuando empezaron los disturbios: la turbamulta comenzó a correr desenfrenada; los policías se parapetaron en una esquina. Me dio un miedo horrible. No sabía qué hacer: no podía ir en busca de Clemen porque aquello era la locura ni tampoco me pareció prudente ir a encerrarme a nuestro carrito, pues en cualquier momento la marabunta comenzaría a destrozar lo que encontrara a su paso y a darle fuego a los carros, tal como sucedió, pero del otro lado del hotel, según me enteré después. Lo único que se me ocurrió, como a varias personas que corrían por la misma acera en la que yo iba, fue meterme al cine Majestic, a esperar que la estampida pasara. En ese instante comenzaron a sonar los disparos. ¡Sentí un pánico tremendo, papito! Me dieron ganas de salir a la carrera en busca de Clemen, no le fuera a suceder algo, porque los tiros venían precisamente de la zona hacia la que él se había dirigido. Pero en ese momento los vigilantes del cine cerraron la reja metálica: nadie podía entrar ni salir. Sólo mirábamos pasar a la marabunta, muertos de miedo, encomendándonos a Dios. Estuve como media hora encerrada en los pasillos del cine, sufriendo la peor de las angustias, sin poder hacer nada, hasta que la calma pareció haber vuelto a las calles y los vigilantes abrieron la reja metálica. Al salir, lo primero que hice fue fijarme si el carro aún estaba donde lo dejamos, si la turbamulta no lo había destruido. A Dios gracias, permanecía intacto. Luego me propuse encaminarme hacia el hotel en busca de Clemen, pero la gente había vuelto a aglomerarse en las calles y estaban llegando varios camiones con guardias nacionales. No había avanzado ni media cuadra cuando por suerte me encontré de frente con Clemen, quien traía de la mano a Ada Elena, la pobre apenas podía caminar víctima de un ataque de pánico.

En el camino de regreso a casa, Clemen me contó que recién había logrado pasar la valla de policías para ingresar al hotel, cuando comenzaron los disturbios, debido a que un grupo de fanáticos pretendía entrar al hotel para linchar a los jugadores. Los policías no tuvieron más remedio que disparar. Por suerte Clemen ya estaba en el lobby. La delegación hondureña era presa de un ataque de pánico: jugadores y directivos fueron a esconderse a sus habitaciones. Todo mundo estaba asustadísimo, hasta los meseros y el personal de administración del hotel, que temía que si la turba entraba no haría distinciones entre hondureños y salvadoreños, me contó Clemen. Él subió de inmediato al cuarto piso, a la habitación donde estaban la pobre Ada Elena y el bruto de Fred, porque sólo a un bruto se le pudo ocurrir traer a su mujer embarazada a un juego de bestias. Lo peor, papito, es que el tal Fred también estaba muerto de miedo y quería largarse en ese mismo instante del hotel; sólo la vergüenza por la forma en que lo miraron sus compañeros directivos cuando se disponía a marcharse lo obligó a permanecer, según me contó Clemen. Y entonces la mensa de Ada Elena le comenzó a decir a Clemen que ella no quería dejar solo a su marido. Total, que pasaron como veinte minutos en lo que se ponían de acuerdo, mientras abajo continuaban los disturbios. Más de noche supimos por los noticieros que habían muerto dos personas, que hubo varios heridos y muchos agitadores estudiantiles capturados; la turba le dio fuego al gran portón de madera del edificio del Correo Central, que está a un lado del hotel. Y lo más increíble es que a medianoche llegó frente al hotel, a la cabeza de varios grupos de mariachis, el famoso Chele Medrano, un general borracho y marihuanero que es director de la Guardia Nacional, quien estuvo hasta la madrugada dirigiendo a la chusma en el jolgorio para impedir que los jugadores durmieran. ¡Imagínese, papito, hasta dónde hemos llegado!

A la pobre Ada Elena le dimos un calmante para que pudiera dormir. Yo pasé una noche de perros, con pesadillas; sólo podía volver a pegar los ojos gracias a que Clemen estaba a mi lado. Y ayer en la mañana, las líneas telefónicas del hotel estaban desconectadas, estoy segura, aunque a Clemen sus amigos de la oficina de telecomunicaciones después le explicaran que supuestamente estaban saturadas. El hecho es que no teníamos noticias de Fred. Le expliqué a Ada Elena que si se hubiera producido una tragedia, Dios no lo quisiera, a esa altura ya lo sabríamos. Hablé a casa del embajador: él mismo me confirmó que nada grave había sucedido, aparte de los disturbios que ya le conté y del ruido que hicieron los mariachis toda la noche. Clemen nos dijo que él se daría una vuelta por el hotel para ver cómo estaban las cosas, que nosotras dos mejor nos quedáramos en casa. Volvió como una hora después: dijo que había bastante gente frente al hotel, pero menos que el día anterior, porque la mayoría ya se había dirigido al estadio; logró hablar con Fred y éste le contó que los jugadores y directivos tendrían seguridad especial tanto para trasladarse al estadio como mientras durara el partido, que los pobres estaban apachurrados, molidos, con el ánimo por los suelos, y que no tenían ninguna posibilidad de ganar el partido.

A Clemen, como a casi todos los hombres, le gusta el fútbol, aunque no sea un fanático de los que siempre van al estadio. Pero ayer él se la pasó atento al partido mientras Ada Elena y yo conversábamos. Yo creo que usted, papito, es una gran excepción: aún recuerdo la vez que me contó que la única ocasión en que se ha interesado por el fútbol fue hace muchos años, al comienzo de su carrera, cuando se desempeñaba como juez de paz en la costa norte, donde están las plantaciones bananeras de la United Fruit Company, y que usted convenció a los gringos de la compañía de que construyeran canchas y formaran equipos para evitar que los jornaleros se pasaran el domingo bebiendo guaro y matándose a machetazos en los estancos. Entonces entendí que es un deporte para pencos y bestias.

Por suerte ganó el equipo de El Salvador, porque si no quién sabe lo que hubiera sucedido. Y la verdad es que mientras Clemen escuchaba el partido, yo le pedía a Diosito en mi interior que por nada del mundo Honduras fuera a ganar, que mejor que los jugadores nuestros recibieran una goleada y no que los lincharan al terminar el juego. Pero ni siquiera cuando ganaron, las turbas estuvieron satisfechas: se dedicaron a perseguir a los aficionados hondureños para burlarse, para hacer escarnio de ellos. Aunque no lo crea, papito, pero los que vinieron en sus propios carros y lograron salir indemnes en caravana fueron perseguidos hasta la frontera por otra caravana de salvadoreños que los insultaron a lo largo de toda la ruta, según supimos hoy. Por suerte Fred y Ada Elena habían venido en avión, junto a la delegación, así que una vez terminado el partido fuimos a dejarla al hotel para que viajara al aeropuerto con la escolta oficial.

Anoche hablé con Jimmy Ulloa, mi amigo a quien usted tan bien conoce, y me dijo que él se regresará a Tegucigalpa con su familia esta misma semana, que ni siquiera esperará a que aprueben su renuncia como representante de Honduras ante el organismo de integración regional, que a él le parece que esto ya no tiene solución y que se viene la guerra. Yo traté de calmarlo, le dije que no fuera exagerado, que después de los partidos de fútbol la cosa se calmará, pero él me dijo que estaba muy asustado por lo que le pudiera pasar a María Marta y a los niños, que yo no tengo la misma presión porque estoy casada con un salvadoreño, pero que ellos como hondureños creen que en cualquier momento pueden ser víctimas de una agresión. Jimmy ha sido siempre muy miedoso, ni siquiera quería aceptar el cargo, sólo le ha gustado salir de Tegucigalpa para ir a Nueva Orleans donde su hermana; y aquí en San Salvador nos burlamos de él porque no conoce otra ruta en su carro sino la que lo lleva de la casa a la oficina y de la oficina a la casa.

Bueno, papito, me están llamando para una reunión. Ya le conté cómo están las cosas de feas. Pero le repito que yo me siento muy segura junto a Clemen, nada puede pasarme si estoy con él. Dígale eso a mi mamita para que se tranquilice.

Le mando todos mis besos y todo mi amor,

Teti

San Salvador, viernes 20 de junio de 1969

Papito adorado:

Nos han advertido que de un momento a otro puede venirse la ruptura de relaciones diplomáticas, y su silencio de hace un rato en el teléfono me lo confirmó. No puedo creerlo. Es como un castigo de Dios. Ya lo hablé con Clemen y me ha dicho que debemos prepararnos para lo peor. No sé lo que eso significa. Por lo pronto me basta con estar junto a mi marido y mis hijos en mi hogar. Nada podrá pasarnos. Si cierran la embajada y usted tampoco puede enviarme una ayudita, podremos sobrevivir con el salario de Clemen. Y estoy segura de que esta crisis no puede durar para siempre y que más temprano que tarde las relaciones volverán a la normalidad.

En medio de todo lo que estamos viviendo, en medio de las mayores preocupaciones y temores, lo que más me atormenta, papito, lo que me parece más injusto, es la actitud de mi mamita, quien se comporta como si Clemen y yo hubiésemos causado los problemas entre los dos países sólo para fastidiarla a ella. Hoy mismo, temprano en la mañana, antes de venirme a la embajada, recibí una llamada espantosa. Lo menos que me dijo mi mamita fue traidora, vendepatrias, enemiga de Honduras; me amenazó con quitarme la nacionalidad, desconocerme y desheredarme si no regreso de inmediato o si al menos no envío a Eri de regreso. Le dije una vez más que por nada del mundo me separaré de mi niño. Me volvió a insultar y me tiró el teléfono. Yo sé que ella es capaz de cumplir sus amenazas, pero yo no voy a cambiar mi vida ni a destruir mi hogar sólo para complacerla a ella.

Varios compañeros de la embajada han decidido regresar en los próximos días a Honduras. El embajador dice que debemos emplearnos al máximo para tener todo en orden ante cualquier eventualidad y que todos tenemos que contemplar la posibilidad de vernos obligados a salir rápidamente de El Salvador. Yo le comenté que voy a permanecer junto a mi marido. Él me dijo que me entendía, pero que seguramente le causaría mucho dolor y problemas a usted y a mi mamita. Yo quiero que entienda, papito, que a usted lo amo por sobre todo, pero que también amo a mi marido y mi obligación es permanecer junto a él en estos momentos de crisis para mantener nuestro hogar. Yo lo veo como una prueba de fuego. Confío tanto en que usted me comprenderá.

Con todo mi amor y miles de besos,

Teti

Doña Esther Mira Brossa de Aragón
San Salvador
Tegucigalpa, miércoles 25 de junio de 1969

Hijita querida:

No he perdido la esperanza de convencerte de la gravedad de la situación y de lo urgente que resulta tu regreso inmediato a la patria. Yo comprendo tus razones, en el sentido de mantener unido tu hogar, pero te repito que te expones y expones a los niños a un peligro innecesario. Clemente entendería tu ausencia temporal. Tu madre está fuera de sí y no hay argumento que la solace. Recapacita, te lo ruego, trata de ver más allá de las humillaciones que has padecido por culpa del temperamento y la enfermedad de los nervios de tu madre. Deben regresar ahora mismo por el bien y el futuro tuyo y de los niños. Ya no habrá más tiempo.

Tu padre que te quiere,

Abogado Erasmo Mira Brossa
c.c. archivo EMB.

San Salvador, domingo 29 de junio de 1969

Papito adorado:

Aprovecho que Rosa Eva, la secretaria del consulado, se va mañana a Honduras para enviarle con ella esta carta; así como están las cosas quién sabe cuándo podré escribirle de nuevo. La noticia de la ruptura de relaciones nos tomó por sorpresa a muchos en la embajada el pasado jueves: aunque sabíamos que era inminente, quizá no lo queríamos creer. Nos quedamos con la boca abierta. ¿Qué sucederá ahora? ¿Ya no habrá más vuelos entre los dos países? ¿Cerrarán las fronteras? ¿Tendremos cada vez más problemas para la comunicación telefónica? ¿Hasta cuándo podré volver a verlos? Me siento muy confundida, lastimada, enferma de tanta estupidez. Por suerte Clemen está a mi lado para darme fuerzas. Yo ya no iré mañana a la embajada a terminar de llenar las cajas con los documentos; el viernes recogí las cosas de mi escritorio, las fotos de los niños, y me vine a casa hecha un mar de lágrimas; tampoco me hago ilusiones de que me vayan a pagar el salario de este mes. No sé por qué siento que todo está perdido, que ya no habrá vuelta atrás, que las cosas irán de mal en peor. Usted sabe, papito, que yo nunca he sido pesimista, pero ahora no hay sol que me alumbre. Clemen me repite que no debo preocuparme tanto, que el tiempo todo lo arregla, pero más que preocupada estoy triste, decepcionada.

Mi único consuelo es la actitud fraternal y solidaria de nuestras amistades, que a cada rato llaman y nos visitan para expresar sus muestras de cariño hacia mí y hacia los niños. Los Araz, los Erbazagoitia, los Aranda, los Méndez, los Espinosa, todos los matrimonios amigos míos y de Clemen me han reiterado que no tengo nada que temer, no sólo por estar casada con un salvadoreño, sino porque me he ganado su cariño. Eso es muy importante para mí, que la gente me aprecie por lo que soy. Hasta mi suegro, don Pericles, quien nunca nos ha visitado porque cortó toda relación con Clemen antes incluso de que nosotros nos casáramos, me ha llamado para decirme que cuento con su apoyo, que me sienta con la mayor de las seguridades, que nada malo podrá sucedernos ni a los niños ni a mí. Esto ha significado mucho para mí, pues don Pericles es un hombre muy serio y seco –amargado, dice Clemen–, al que apenas he visto un par de veces en casa de mi cuñado Alberto, porque se la pasa en el exilio o escondido por sus ideas políticas. Clemen me ha dicho también que ayer sábado habló con sus amigos militares, varios de ellos altos jefes que pertenecen a grupos de alcohólicos anónimos, quienes le dieron todas las garantías de seguridad para mi persona. Por eso le digo, papito, que me siento más triste que preocupada.

Yo creí que cuando acabara todo este cuento del fútbol las tensiones entre los dos países disminuirían; pero sucedió al contrario: el mismo jueves que El Salvador le ganó el partido a Honduras en el estadio de México, el Gobierno salvadoreño decidió romper relaciones diplomáticas, ¿quién entiende? Lo que me produce más tristeza, o rabia, ya no sé, es haber comprendido que esos grupos llamados «Mancha Brava» realmente existen y que están haciendo mucho daño a los salvadoreños radicados allá, que les quitan sus propiedades, los agreden, los persiguen hasta la frontera. Me parece la mayor injusticia, papito. Ya ve que yo desprecio la política, y al principio creí que todo eso era propaganda de los periódicos, pero Clemen consiguió una de las calcomanías que distribuyen en Tegucigalpa y que dice «¡Hondureño, toma un leño, mata un salvadoreño!». No es posible tanto odio, tanta irracionalidad. Clemen me ha explicado que el Gobierno de Honduras necesitaba quitarle la tierra a los miles de salvadoreños radicados allá para hacer su famosa reforma agraria; me lo ha explicado con mucho tacto, porque él sabe que usted forma parte de ese Gobierno. Pero yo estoy segura de que tiene que haber algo más: es demasiado monstruoso lo que está sucediendo.

Gracias, papito de mi alma, por llamar esta mañana para felicitarme por mi cumpleaños. Nunca pensé que cumpliría mis veintiocho años en estas circunstancias. Me dolió en el corazón que mi mamita no haya querido hablar conmigo, aunque en el fondo me digo que ha sido mejor porque sólo me hubiera insultado, como si yo fuera la causante de esta crisis y no su víctima. Creo que cada vez será más difícil que hablemos por teléfono y que yo le pueda enviar correspondencia. Ojalá esta pesadilla acabe pronto.

Con todo mi amor y mis besos,

Teti

San Salvador, jueves 10 de julio de 1969

Papito adorado:

Espero que esta carta le llegue sin contratiempos. El señor Cebrije es un compañero mexicano de Clemen que tratará de pasar mañana mismo por la frontera de El Amatillo. Dicen que las cosas están horribles por ahí, que son cientos y cientos de salvadoreños los que regresan al país por miedo a que los agredan en Honduras, que el paso fronterizo es un caos, pese a que está militarizado, que sólo en el campamento de San Miguel ya hay más de catorce mil refugiados. Yo no quería creerlo, pero Jorgito Rosales, el marido de Ana Gladis, mi amiga de la primaria, la hija del doctor Maradiaga, me ha terminado de convencer de que la gente ha enloquecido en Honduras. Vino ayer a la casa totalmente aterrorizado a contarnos lo que le sucedió allá. Él es químico farmacéutico y tenía su farmacia en la colonia El Prado, en la planta baja de su casa de habitación. Yo los visité varias veces; no sé si usted se acuerda. Hace doce años que está casado con Ana Gladis y desde entonces se trasladó a vivir a Tegucigalpa; su niña mayor, Anita, es de la edad de Eri, y la segunda, Pía, es apenas un año mayor que Alfredito. ¡No se imagina las cosas que ha pasado el pobre Jorgito! Dice que cuando comenzó la campaña de prensa contra los salvadoreños, él creyó que aquello era momentáneo y que pronto la situación volvería a la normalidad, pero que con el paso de los días todo empeoró y pronto sus vecinos empezaron a comportarse de manera agresiva, como si no lo conocieran desde hacía tantos años, como si él no estuviera casado con una hondureña de familia decente, como si no fuera un profesional honrado que tenía su negocito con el que daba servicio a todos los vecinos, como si él no hubiera estado legalmente regularizado como extranjero. ¡Pues no! Dice que la gente dejó de llegar a su farmacia, que comenzaron a recibir llamadas telefónicas de advertencia en que voces anónimas le decían que se fuera del país y que de un día para otro descubrió que habían pintado en la fachada de su casa, con tinta roja y grandes letras: ¡GUANACOS FUERA! Los pobres no daban crédito a lo que les estaba sucediendo. Pero eso no fue todo. Días más tarde le quebraron los cristales del carro y de la farmacia. Jorgito dice que entonces recordó una película sobre la segunda guerra mundial que acababa de ver en la tele y en la que los nazis atacaban de la misma manera a los judíos antes de llevarlos a los campos de concentración, y que ese recuerdo lo estremeció. Le entró el gran miedo, ya casi no salía a la calle y la propia familia de Ana Gladis le recomendó que se regresara a San Salvador. Lo peor es que nadie llegaba a la farmacia. Jorgito me mostró una de las calcomanías con que habían tapizado la fachada de la farmacia y que decía: «¡Atención catrachos! ¡Estas firmas comerciales son salvadoreñas! ¡Si no les has comprado, no lo hagas, y si ya les compraste, no les pagues!». ¡Imagínese qué locura, papito, si esa farmacia la montaron con un préstamo que les hizo el propio doctor Maradiaga! La cuestión es que hace tres días, tempranito en la madrugada, acompañada por el mismo doctor, Ana Gladis condujo en su carro a Jorgito hasta el paso fronterizo de El Amatillo, donde lo estaba esperando su hermano Pepe. El pobre todavía no se repone del susto. Dice que a lo largo de todo el camino desde Tegucigalpa hasta la frontera venía muerto de miedo, no fuera a ser que una horda los detuviera, les pidieran los documentos de identidad y descubrieran que él era salvadoreño. Está seguro de que ni la presencia del doctor Maradiaga los hubiera disuadido de agredirlo. Y lo peor es que ya nadie puede salir por aire, porque los aviones de Taca tienen prohibido aterrizar en el aeropuerto de Toncontín. ¡Qué horrible toda esa locura, papito!

He pensado que mi caso es como el de Jorgito, sólo que al revés. Pero quiero que le quede clarísimo, papito, que a los hondureños aquí no nos están haciendo nada malo. El canciller salvadoreño, al que le dicen Chachi Guerrero, se ha puesto en contacto con nosotros, los de la colonia hondureña, para garantizarnos que no sufriremos ninguna vejación ni ningún despojo. Hace dos días nos reunimos varias integrantes de la colonia hondureña, todas casadas con salvadoreños, y algunas propusieron suscribir un comunicado en el que se declarara que no hemos sufrido ningún vejamen en nuestras personas ni en nuestros bienes. Yo no sabía si firmarlo, porque usted forma parte del Gobierno hondureño y lo último que yo quisiera sería meterlo en problemas. Así que les dije que me dieran tiempo para hablarlo con Clemen, para que él me dijera lo que pensaba. Clemen me explicó que, por un lado, nos convenía que yo firmara para estar bien con las autoridades, aunque me advirtió que el comunicado sería utilizado políticamente. Pero las de la colonia no me esperaron. Y el comunicado fue difundido ayer en los periódicos de aquí, al mismo tiempo que el Chachi presentaba a la delegación de la OEA, que está de visita, las pruebas contra el Gobierno de Honduras para acusarlo de genocidio. Mi mamita me llamó ayer mismo en la tarde enfurecida para gritarme, antes de que se le cortara la comunicación, que no sólo soy una traidora por omisión, sino que colaboro activamente con el enemigo y que eso jamás me lo perdonará Honduras, cuando yo ni siquiera firmé el comunicado, por las razones que le explico, aunque me convenía hacerlo.

Le juro que la actitud de mi mamita me hace sospechar que sean ciertos los rumores que sobre ella me han llegado, en el sentido de que apoya y azuza a la llamada Mancha Brava para que agreda a los salvadoreños que viven en Honduras. Ya van dos personas a las que tengo confianza que me cuentan, con mucho respeto y cautela, sobre esos rumores. Yo no quiero creerlos, porque si fueran verdad sólo me producirían la peor de las vergüenzas. Por supuesto que no le he comentado nada sobre ello a Clemen, aunque supongo que él por su lado de algo se habrá enterado ya.

Ay, papito, dice Clemen que él cree que la guerra es inminente. Yo espero que no sea así, porque el mismo canciller Chachi declaró ayer que está optimista y que cree que la situación no se va a agravar más. Pero Clemen me recuerda que ya los puentes y los hospitales están militarizados, que a cada rato se ve en las calles el movimiento de tropas, que se producen cada vez más escaramuzas a lo largo de la frontera y que para pasado mañana está programado el primer apagón en todo el país como simulacro de defensa ante un eventual bombardeo. Hoy se informó incluso de un enfrentamiento aéreo. ¡Dios no lo quiera!

Bueno, papito, espero que esta carta llegue a sus manos, porque ya las comunicaciones telefónicas son casi imposibles. Estén seguros de que los niños y yo nos encontramos bien y que junto a Clemen nada nos pasará. ¡Encomendémonos al Señor!

Su hija que lo ama,

Teti

Doña Esther Mira Brossa de Aragón
San Salvador
Tegucigalpa, viernes 25 de julio de 1969

Querida hija:

Aprovecho la gentileza del portador de la presente para enviarte estas breves palabras y preguntarte cómo están ustedes. Ha sido dificilísimo, y quizá inconveniente, establecer comunicación telefónica luego del estallido de la guerra; las llamadas se cortan casi enseguida y no se puede escuchar por la interferencia. Te ruego que me escribas con verdad y largueza, a fin de que sepamos en qué situación se encuentran tú y los niños. Recuerda que tú eres nuestra única hija y te queremos por encima de todo; tu madre también está preocupadísima por ustedes y muy alterada de los nervios. Puedes enviarme tu carta con el portador de la presente, que es un hombre honorable y de confianza; también puedes hacerme llegar por su medio cualquier mensaje verbal que consideres pertinente.

Cuídense mucho.

Tu padre que te quiere,

Abogado Erasmo Mira Brossa
c.c. archivo EMB

San Salvador, lunes 28 de julio de 1969

Papito adorado:

Antes que nada debe saber que nosotros estamos bien, muy protegidos, con toda la seguridad que me da estar junto a Clemen. No crea ninguno de los rumores que circulan por Tegucigalpa: aquí no hay campos de concentración ni nos están asesinando a los hondureños. La mayoría de mis amistades ha permanecido leal a mi lado y atenta a mi situación. Yo me he esforzado para que Eri lleve una vida normal: hoy recomenzaron las clases y mi muchachito fue al colegio, donde no hubo ningún problema. Rezo todas las noches para que pronto se ponga fin a toda esta situación. Estoy segura de que lo peor ya ha pasado.

El lunes 14, cuando comenzó la pesadilla, me levanté con un presentimiento muy raro, como la angustia de que algo terrible sucedería. Lo comenté con Clemen; él me dijo que no le extrañaría que en cualquier momento estallara la guerra, que debíamos estar preparados. Por eso cuando esa noche, a las siete, la ciudad quedó a oscuras, Clemen y yo sabíamos que sólo podía ser el inicio de la guerra. Ésa fue la peor noche de mi vida, papito: protegimos a los niños bajo las camas y los colchones, en espera de que la aviación hondureña nos bombardeara. ¡Imagínese lo que sentía dentro de mí, con el miedo de que las bombas lanzadas por mi propio país me mataran! Pero sólo hubo dos avioncitos: uno que apenas se oyó a lo lejos (dicen que ése fue el que bombardeó los enormes depósitos de combustible en Acajutla) y otro que sí se aproximó lo suficiente como para que escucháramos el fuego de las ametralladoras antiaéreas, pues ya sabe que vivimos cinco cuadras atrás del cuartel San Carlos. Aparte de eso, la noche fue la pura zozobra, especulando por qué la aviación hondureña, que según Clemen era mucho más grande que la salvadoreña, no atacaba. Es que entonces no sabíamos que al final de esa tarde El Salvador había lanzado un ataque sorpresa para destruir los aviones de Honduras en tierra. Esa noche del lunes fue cuando sentimos la guerra más cerca en esta ciudad; de ahí en adelante, a Dios gracias, sólo las noticias y la propaganda en la prensa y en la radio. Yo, por supuesto, viví en el pánico durante los cuatro días en que el ejército salvadoreño penetraba en Honduras; lo que me horrorizaba era la posibilidad de que las tropas llegaran a Tegucigalpa y a ustedes les pasara algo. ¡No sabe la angustia que padecí, papito! Mi peor pesadilla era pensar que a usted podían capturarlo. Por eso sufrí cada uno de esos cuatro días cuando los noticieros informaban de que las tropas salvadoreñas habían avanzado más kilómetros en territorio hondureño y se aproximaban a Tegucigalpa. Le juro que me pasé las noches en vela, aunque Clemen me aconsejaba que descansara, que con mi preocupación no podría cambiar el curso de los acontecimientos. Yo me preguntaba: ¿cuándo terminará este calvario, por Dios? Sólo pude comenzar a dormir cuando me enteré de que el cese de fuego había sido aceptado por ambos bandos, de que las tropas salvadoreñas ya no avanzarían más dentro de Honduras. Y ahora, cuando gracias a la OEA los dos gobiernos están negociando el retiro de las tropas, estoy segura de que ya pasó lo peor, aunque quién sabe cuánto tiempo nos lleve volver a la normalidad.

Lo más horrible es lo que están sufriendo los pobres hondureños que caen bajo las garras de los guardias nacionales encabezados por el Chele Medrano en la zona de El Amatillo. Pobre gente. Acá los periódicos sólo publican propaganda y agitación, pero Clemen tiene la costumbre de escuchar las emisoras de onda corta y gracias a ellas nos hemos enterado de los desmanes y barbaridades que ha perpetrado el Chele Medrano contra los pobres campesinos hondureños. Por eso me daba tanto terror que las tropas de él se acercaran a Tegucigalpa y pudiera pasarle algo a usted. Ese Chele Medrano es un vándalo; a Clemen tampoco le hace ninguna gracia, porque además, como es un borracho y marihuanero empedernido, siempre se burla de los coroneles que se han hecho alcohólicos anónimos y a quienes mi marido trata con la mayor atención para que se mantengan lejos del vicio. Gracias a ellos Clemen se ha enterado de muchas cosas que no es prudente que yo le cuente por escrito, aunque su amigo sea de la máxima confianza. Lo que sí le puedo decir es que todos se burlan del presidente Sánchez Hernández, a quien usted sabe que le dicen «Tapón» por enano y cabezón, sobre todo porque ahora éste se cree el gran estratega y se compara con el general israelita Moshé Dayán que derrotó a los árabes. A mí me cae mal el tal Tapón desde que salió con esa su frase que dice: «Es más seguro que el hombre camine por la Luna que los salvadoreños por las veredas de Honduras», como si hubiera alguna relación entre el gran viaje espacial de Neil Amstrong y esta guerra estúpida.

Yo, cada vez que puedo, prefiero ver las noticias relacionadas con el alunizaje que las que lo envenenan a uno con esta guerra maldita, pero los periódicos parecen perros con rabia y sólo hablan de combates, incursiones, tomas de ciudades y de cosas que me enferman de los nervios, como si no fuera más importante que el hombre haya ido a la Luna que una guerra entre dos países hermanos. Hace unos días salió el tal Tapón diciendo que Fidel Castro y Radio Habana, junto a las emisoras hondureñas, realizan una campaña para tratar de derrocar a su gobierno. ¡Habrase visto semejante disparate! Y por si eso fuera poco, un día después el mismo Tapón aseguró que los guerrilleros guatemaltecos luchaban bajo las órdenes del Gobierno de Honduras. Ya aquí uno no puede creer en nada; es tanta la falsedad. Pero yo me quedo callada y tan sólo me entero.

Y que han pasado cosas increíbles, papito, ni quién lo ponga en duda. La vez pasada vinieron a casa unos amigos de Clemen y estuvieron contando que un tal capitán Trabanino, jefe del escuadrón de los aviones caza Mustang, encargados de escoltar a los bombarderos que atacaron a la aviación hondureña en tierra la noche que comenzó la guerra, en vez de dirigirse hacia Honduras, tal como tenía ordenado, tomó otra ruta y terminó con su escuadrón en

Guatemala. Él adujo que se había extraviado por una falla en los instrumentos de su avión, pero las malas lenguas dicen que el hombre acababa de ingresar en una religión evangélica que prohíbe la guerra, por lo que prefirió hacerse el perdido. Los amigos de Clemen hicieron guasa del pobre toda la tarde, pero a mí nada que tenga que ver con la guerra me hace gracia.

A quienes tampoco entiendo es a esas viejas que quieren que la guerra siga. Se trata de las mujeres más adineradas del país, las más estudiadas, pero se comportan como si fuesen patanes; han hecho varias manifestaciones frente a la Casa Presidencial para protestar por la presencia de la delegación mediadora de la OEA de la que su amigo forma parte. ¡OEA GO HOME!, decía uno de los carteles que portaba la tal Gloria Valdivieso cuando marchaban frente al hotel donde se hospeda la delegación. Y otra pancarta decía: ¡OEA PROTECTORA DE GENOCIDAS!, como si la OEA estuviera de parte de Honduras en este conflicto. ¡A quién se le ocurre! Y todo para tratar de impedir que las tropas salvadoreñas se retiren de territorio hondureño. Me pregunto qué ganarían estas viejas si la guerra continuara.

Papito, yo entiendo que usted considere inadecuado estarme llamando por teléfono en medio de esta situación, pues se puede comprometer usted y me puede comprometer a mí, tal como me explicó Clemen cuando yo me moría de ganas de telefonearles en todo momento; aparte de que es casi imposible establecer comunicación, ni siquiera a través de la operadora de Estados Unidos. Pueden estar tranquilos: no nos ha pasado nada, tal como le dije las dos veces que hemos podido hablar. Lo que sí no se vale es que mi mamita me llame sólo para comprometerme. Yo no sé si usted sabe de esa llamada. Fue hace una semana, al final de la tarde: se puso a repetir que yo soy una traidora y que así seré juzgada, que ella logró distinguir la voz de Clemen en la radio salvadoreña haciendo llamados contra Honduras, que mi marido es un criminal de guerra y pagará sus fechorías. ¡Se puede imaginar! Por suerte se cortó la comunicación. Le puedo asegurar que Clemen no tiene nada contra Honduras, que fue convocado por las autoridades en esta absurda situación de guerra a que colaborara como locutor en la Radio Nacional, que no convenía que se negara precisamente para garantizar nuestra seguridad. Yo sé que usted comprende esta situación.

Bueno, papito, aquí lo dejo. Ayer fuimos al hotel a recoger su cartita. Su amigo de la OEA ha sido muy atento. Quedamos en que hoy le pasaríamos a dejar este sobre, porque parece que mañana él debe regresar a Tegucigalpa vía Managua. Le adjunto una cartita de Eri, para que vea cómo ha crecido mi niño. Clemen le envía saludos.

Los amo con toda mi alma,

Teti

San Salvador, domingo 10 de agosto de 1969

Papito adorado:

Aprovecho que don Bill, compañero alcohólico anónimo de Clemen procedente de New York, viajará hacia Honduras luego de visitar Nicaragua, para hacerle llegar esta cartita. Don Bill es un señor de toda confianza que recorre Centroamérica con el propósito de conocer a los directivos de las distintas filiales de alcohólicos anónimos; puede hablar con él con total confianza.

Nosotros estamos muy bien, papito. Eri ha andado un poco mal de la gripe, por culpa de las lluvias, pero le va muy bien en el colegio y ya es todo un hombrecito, responsable, bien portado. Alfredito está cada día peor con las travesuras, pero unas buenas nalgadas siempre lo ponen en orden. Y Clemen trabajando como negro, el pobre, porque además del empleo en el canal debe visitar cada noche distintos grupos de alcohólicos anónimos para apoyar la labor que realizan, y no deja de haber la llamada a medianoche que suplica ayuda urgente para recuperar al compañero que ha recaído. Yo le digo a Clemen que en otra época hubiera podido ser un santo, pero él sólo se ríe.

Es esperanzador saber que las tropas salvadoreñas ya se están retirando de territorio hondureño. Todos estamos más tranquilos. Y yo le pido a Dios que la situación vuelva lo antes posible a la normalidad, aunque Clemen me advierte que no me haga ilusiones, que será un proceso lento, que una guerra abre muchas heridas que cicatrizan con dificultad. Me atormenta pensar que pasará largo tiempo antes de que podamos volver a vernos.

Le quería pedir, papito, si es posible que cuando venga de nuevo a San Salvador su amigo de la OEA, me envíe con él unos centavitos. Necesito dar la prima para una lavadora de ropa y quiero celebrarle una gran fiesta de cumpleaños a Eri para que mi niño se olvide de toda esta situación de guerra que hemos padecido. Se lo agradeceré en el alma.

Con todo mi amor, muchos besos para usted y mi mamita,

Teti

Papito adorado:

Muchísimas gracias por los dólares. Ayer mismo, luego de pasar al hotel a recoger el sobre que su amigo gentilmente entregó en mis manos, me lancé a hacer los trámites y el pago de la prima para la compra de la lavadora; los empleados del almacén prometieron que la traerán a casa mañana en la tarde. También he guardado el dinerito para la celebración del cumpleaños de Eri.

Le quiero pedir, papito, que trate de que mi mamita no se entere de las ayuditas que usted me envía. Ya ve que desde que comenzó la guerra ella no se había dignado hablar conmigo, sino que en las pocas llamadas que han logrado entrar pide de inmediato hablar con Eri y sólo habla con él. Pues el jueves pasado llamó y en cuanto tomé el auricular comenzó a decirme que yo soy una desvergonzada, que cómo se me ocurre pedirle dinero a usted luego de la traición que he perpetrado, que ella siempre supo que mi marido es un bueno para nada y que por eso no nos alcanza el dinero para satisfacer mis caprichos, que ella hará todo lo posible para que usted no me vuelva a enviar ni un centavo, que si no me basta con haberlos engatusado para que me pagaran la prima de la casa en una tierra enemiga, que ella está segura de que todo el dinero que me han enviado ha ido a parar al bolsillo de los salvadoreños. Yo no pude responderle nada, porque me tomó por sorpresa y usted sabe que de nada sirve, que si uno le contesta se enciende más y dice cosas más hirientes. Luego me hizo un repaso de cada una de las veces que usted me ha enviado una ayuda, con fecha y cantidad, como si las hubiera tenido apuntadas en un papel y las hubiera estado leyendo. Al final me gritó que son treinta y siete mil dólares los que he recibido en los seis años desde que comenzó mi traición al casarme con Clemen, a quien nunca mencionó por su nombre sino sólo como «el enemigo», que soy una peste, que pronto tendré mi castigo.

Yo quiero que le quede claro, papito, que toda la ayuda que he recibido de usted ha sido destinada a facilitar que los niños crezcan en un mejor ambiente, que Clemen trabaja como negro y todo lo que gana lo invertimos en nuestro hogar, pero la vida se ha vuelto tan cara que el dinero no siempre nos alcanza. Es cierto que tenemos dos empleadas domésticas, una para la cocina y otra para el aseo de la casa y de la ropa, pero ésta no da abasto, la lavadora será de gran utilidad, no un capricho. Y también quiero que le quede claro que nunca he ocupado su dinero «para darme la gran vida», tal como me acusa mi mamita, que yo apenas me tomo un par de cervecitas los sábados y Clemen ni bebe ni se preocupa por lujos.

Por lo demás, estamos bien.

Los niños creciendo; en octubre, Eri terminará su cuarto grado con muy buenas calificaciones, siempre muy aplicado mi niño, y al otro año Alfredito entrará a su primer grado de primaria, aunque el pobre por más castigos que le imponemos no consigue cambiar ese temperamento travieso que quién sabe de quién heredaría.

Por suerte todo el bochinche de la guerra parece que cada vez queda más atrás; la prensa, siempre que puede, sigue atizando y el Gobierno ha sacado unos bonos de la dignidad nacional para rearmar al ejército. A mí me gustaría buscar un empleo, por lo menos en las mañanas, tal como era en la embajada, pero Clemen también piensa que aún es demasiado prematuro, que deberemos esperar muchos meses y que mal que bien con su salario, y una ayudita que usted nos envíe de vez en cuando, podremos salir adelante; también estoy consciente de que será imposible encontrar un empleo tan beneficioso como el que usted me consiguió en la embajada.

Bueno, papito. Espero que estén muy bien y que esta carta le llegue pronto gracias a su amigo. Le mando todo mi amor y muchos besos,

Teti

San Salvador, martes 9 de diciembre de 1969

Papito adorado:

Esta carta se la enviará Clemen desde New York, el próximo jueves tempranito. Saldrá mañana en el vuelo hacia Guatemala, donde tomará el 747 de Panam que lo llevará, con escala en Miami, hacia New York. Está emocionadísimo; es la primera vez que visita esa ciudad. Lo ha invitado la dirección del movimiento internacional de alcohólicos anónimos para nombrarlo su representante en El Salvador. Es un cargo muy importante, que implica un montón de responsabilidades. Clemen va entusiasmado; yo me siento muy orgullosa de él, puesto que esa distinción significa que todos sus compañeros alcohólicos anónimos lo quieren mucho y lo consideran su ejemplo. El viaje le servirá también para que tome otros aires y aprovechará, además, para comprar regalitos a los niños. Sólo estará allá una semana, así que ustedes no se preocupen por nosotros, que estaremos muy bien.

Ay, papito, no sabe la tristeza que me produce saber que no podré verlos esta Navidad. Eri me preguntó cuándo volvereremos a ir a Honduras: mi pobre niño los extraña, también recuerda el bosque y a su perro, *Dogo*. Con Clemen hemos estado pensando que lo mejor sería que nos viéramos la próxima Semana Santa en Guatemala. Usted tiene buenos amigos en el Gobierno de allá y nosotros podemos viajar sin ningún problema. Nada más tendríamos que hacer los preparativos; ahora que mi mamita ya acepta hablar conmigo por teléfono y parece que ya me perdonó, quizá sea más fácil organizar el viaje. Coménteselo usted primero, para ver si la reacción de ella es positiva. La otra opción sería encontrarnos en El Amatillo en cuanto abran de nuevo el paso fronterizo, aunque sea para compartir unas horas en el puente, pero Clemen dice que eso no le convendría a usted por el cargo que tiene ahora en el Gobierno, que tal vez más tarde.

Por suerte los periódicos no siguieron con la campaña en contra suya y de los demás miembros de la comisión hondureña que negociará la cuestión de los límites entre los dos países. Yo temí que la agarraran contra usted, y así como son aquí los periódicos de rabiosos, hubiera sido horrible. Por teléfono no le pude contar todo lo que decían en ese artículo, porque no hubiera sido prudente, aunque ganas no me faltaron, tan enojada estaba, que sólo gracias a que Clemen me contuvo pude guardar silencio. Los malditos decían que usted forma parte de la pandilla de políticos borrachos y corruptos cómplices del presidente López Arellano, que carecen de cualquier solvencia moral para realizar una negociación, ¡¡imagínese la infamia! Le adjunto el recorte de periódico, aunque seguramente usted ya tiene copia de él; también le adjunto una copia de las magníficas calificaciones finales con las que Eri pasó a quinto grado (muéstreselas a mi mamita, por favor).

Les deseo muchas felicidades en esta Navidad y en el Año Nuevo. Voy a extrañar los nacatamales de mi mamita; Clemen dice lo mismo, que ésos son los mejores nacatamales del mundo. Los niños les mandan todos los abrazos y besos; adjunto una cartita de Eri para ustedes y unos dibujos de Alfredito.

Los amo con toda mi alma,

Teti

2
La carpeta del crimen

San Salvador, lunes 6 de marzo de 1972

Papito adorado:

Gracias a Dios que su amigo Michael se ha puesto en contacto conmigo y que ahora podré escribirle a través de un canal seguro. Estos días han sido como de pesadilla. Desde que mataron a Clemen no he parado, no he podido descansar, no he tenido tiempo para mí misma. Todo me cayó de golpe: el crimen, el velorio, el sepelio, no descuidar a los niños, comenzar las gestiones con los seguros, las investigaciones de la policía, la tensa situación política que se vive acá. Siento que me voy a derrumbar, pero sé que no puedo, porque ahora toda la responsabilidad es mía.

¡Hubiera visto qué horrible ese domingo en la noche, cuando me llamaron para decirme que Clemen había sido baleado! La peor pesadilla de mi vida, papito. Parece mentira que ya haya pasado una semana... Los niños acababan de dormirse. Eran las nueve y media de la noche cuando sonó el teléfono. Yo estaba en la cama. Tuve un presentimiento espantoso, como si ya hubiera sabido que me iban a informar de una tragedia. Era un compañero del grupo de alcohólicos anónimos de la colonia Centroamérica, el preferido de Clemen, donde él había comenzado. Me dijo que habían atacado a Clemen, que le habían disparado cuando se disponía a meterse al carro. ¡No sabe lo que sentí, papito, un gran vértigo, como si me hubieran quitado el mundo de debajo de mis pies! El compañero me dijo que estaban esperando a la ambulancia y que urgía que yo llegara. Me sentí como zombi. Me comuniqué con Oscarito, el hijo menor del primer matrimonio de Clemen, para contarle lo sucedido y pedirle que pasara a recogerme de inmediato, porque vive a poca distancia de casa. Después llamé a Alberto, el hermano menor de Clemen, pero no lo encontré y le dejé recado con su mujer, Estela. Hablé quedito, no fuera a ser que uno de los niños estuviera despierto. Llamé a Fidelita, la sirvienta: le dije que había sucedido algo muy grave, que yo tenía que salir, que cuidara a los niños, que yo la llamaría por teléfono más tarde.

Cinco minutos después Oscarito pasó por mí. Yo me sentía como atragantada, como si una gran mano me estuviera apretando la garganta. Ninguno de los dos entendía qué estaba sucediendo. La sede del grupo está ubicada justo detrás de la iglesia de la colonia Centroamérica. Cuando llegamos, pocos minutos después, ya estaban muchos compañeros alrededor del carro de Clemen, pero no lo vi a él por ningún lado. Corrí como loca, antes incluso de que Oscarito detuviera la marcha. Entonces escuché la sirena de una ambulancia que llegaba. Me puse a preguntar a gritos qué era lo que había sucedido. Los compañeros me dijeron que se habían llevado a Clemen en el carro del doctor Rosales, que éste había dicho que no podían esperar a la ambulancia porque Clemen se iba a desangrar. Vi en el pavimento el charco de sangre junto a la puerta abierta del Austin Cooper. Sentí una cuchillada en las entrañas. Me dijeron que se lo habían llevado al hospital del Seguro Social. Le grité a Oscarito que su papá ya no estaba ahí. Salimos a toda velocidad hacia el hospital. El compañero Olano se vino con nosotros. En el camino nos contó que cuando se disponía a guardar las sillas y limpiar el local oyó los disparos. Ya casi todos los compañeros se habían ido. Clemen, como era el jefe del grupo, casi siempre se quedaba de último. Salió conversando con el doctor Rosales. Después cada quien enfiló hacia su carro. El compañero Olano me dijo que el doctor había visto cómo un tipo con gorra de beisbolista se le había acercado a Clemen por la espalda, le había disparado a quemarropa y luego había salido corriendo por el pasaje que va detrás de la iglesia. Yo sentí que me moría.

Llegamos al hospital y mientras Oscarito buscaba estacionamiento, el compañero Olano y yo corrimos hacia la sala de urgencias. Nos encontramos con el doctor Rosales. Me abrazó y me dijo que había que encomendarnos a Dios, que Clemen estaba gravísimo. Le pregunté qué era lo que había pasado, como si el compañero Olano no me hubiese contado nada, tan increíble me parecía todo. Me repitió lo del tipo de la cachucha de beisbolista. Me explicó que lo estaba operando el doctor Raudales, un excelente cirujano, pero que el criminal le había disparado tres tiros. Me derrumbé en una silla. ¿Por qué, Dios mío?, me preguntaba, sin poder contener el llanto. No entendía nada. El doctor Rosales me trajo unos tranquilizantes, prácticamente me obligó a tomármelos, porque yo estaba fuera de mí. Pronto aparecieron muchos compañeros alcohólicos anónimos que acababan de estar con Clemen en la reunión; también llegó Alberto, el hermano de Clemen, y otros familiares a quienes Oscarito había informado.

Eran las once y cuarto cuando el doctor Raudales salió al pasillo donde nosotros esperábamos. Lo supe al instante:

Clemente había muerto. No me pude poner de pie; las piernas me flaquearon. Se tuvo que sentar a mi lado para decirme que lo sentía mucho, que había hecho lo humanamente posible por salvarlo. Yo debo haber pegado alaridos; me sentía desgarrada, rota por dentro. Todo ese momento se me nubla. Recuerdo que Oscarito me abrazaba. Después logré reaccionar y grité que quería ver a mi marido. El doctor Rosales me condujo, con Oscarito y Alberto a mi lado. Clemen yacía cubierto con una sábana. Lo descubrí. ¡El peor momento de mi vida, papito! Lo habían destrozado por atrás, pero su cara estaba intacta. Lo cubrí de besos, como si así hubiera podido resucitarlo. Ni cuenta me di cuando me llené las manos de sangre. Me sacaron en hombros.

El doctor Rosales me trajo a la realidad: me preguntó a cuál funeraria quería que llevaran a Clemen. Entonces reaccioné. Le dije que teníamos un seguro con la Auxiliadora. Oscarito me condujo de regreso a casa para buscar los documentos de Clemen y también su traje más elegante. Alberto se quedó en el hospital esperando a que llegaran los de la funeraria. Es increíble cómo las tragedias unen a las familias: Clemen siempre estuvo muy distanciado de sus hermanos y de su papá; nunca me quiso explicar las razones, era un tema que lo exasperaba. Pero ahora Alberto se ha portado tan finamente conmigo. Y don Pericles, que estaba exiliado en Costa Rica, vino a los funerales, en compañía de la Pati, la hermana de Clemen a quien yo nunca había podido conocer y que está casada con un dirigente comunista costarricense. No sé cómo lo hicieron para que las autoridades les dejaran entrar al país.

¡Cómo me han hecho falta ustedes, papito! ¡Es horrible que por culpa de la guerra no pudieran venir! ¡Qué desgracia la mía, no poder estar con mis padres en estos momentos trágicos a causa de que no hay relaciones entre estos dos países! Es verdad que los familiares de Clemen, los amigos y los compañeros alcohólicos anónimos se han portado de maravilla conmigo, pero nunca será lo mismo que tenerlo a usted a mi lado.

Lo único reconfortante durante el velorio fue constatar cuánta gente quería a Clemen. Eran centenares los que desfilaron ante el féretro con lágrimas en los ojos. Compañeros alcohólicos anónimos procedentes de todo el país y de todos los sectores sociales: desde los coroneles Gutiérrez, Aguirre y Mejía, hasta gente muy pobre. Clemen era el representante en el país del movimiento internacional de alcohólicos anónimos y dirigía grupos de todos los niveles; había viajado varias veces a New York a entrevistarse con el jefe de allá. Todos lo querían muchísimo. El dueño del canal de televisión donde trabajaba Clemen, don Moris, también estuvo presente y fue muy fino; su esposa, María Teresa, estudió conmigo la *high school* en el internado de Washington. Llegaron decenas de arreglos florales y centenares de telegramas.

El entierro también fue muy concurrido. Fue el martes en la mañana; hace exactamente una semana. Era una larga caravana de carros. Y en el cementerio ya había muchísima gente, sobre todo compañeros alcohólicos anónimos. Yo me deshice en llanto. Y el pobre Eri, mi muchachito, que se había mantenido muy sereno durante el velorio, explotó en llanto cuando los enterradores comenzaron a tirar la tierra sobre el ataúd. Siento una cosa tan fea en el corazón cuando veo que mis hijos han quedado huérfanos a tan corta edad.

Pasado mañana terminarán las misas del novenario. Han sido en la iglesia Don Rúa, cerca de casa, y siempre ha llegado bastante gente. Al final del novenario regalaré un escapulario con la imagen del Sagrado Corazón de Jesús, que era en quien Clemen creía y a quien se encomendaba todas las noches.

Papito, tal como le dije por teléfono ayer, me urge que me envíe un dinerito. Estoy desesperada. Los agentes de la aseguradora y del seguro social me dijeron que el proceso no es inmediato, que cuando hay un crimen, primero deben investigar y hasta después no me darán el dinero. No sé qué haré mientras tanto. Y no me puedo ir del país así como así, como mi mamita quiere: tengo que desmontar la casa y ver qué hago con ella, pagar las deudas, arreglar los papeles escolares de los niños para que no pierdan sus años de estudio cuando lleguemos a Tegucigalpa, esperar a que me paguen los seguros. Creo que a través de don Michael me puede enviar el dinerito para que yo salga adelante en estas semanas.

Lo que más me atormenta es no saber quién ni por qué pudo querer matar a Clemente. Es horrible. En la noche apenas puedo dormir dándole vueltas a todo en mi cabeza. No tenía enemigos, no se metía en política, su tiempo lo dedicaba a nosotros, al empleo en el canal de televisión y a sus compañeros alcohólicos anónimos. Éstos lo querían muchísimo porque sabían cuánto se había sacrificado por ellos; como el mejor de los médicos se levantaba y salía a la calle a la hora que fuese si un compañero había recaído. Nadie entiende por qué le hicieron lo que le hicieron, mucho menos que lo mataran frente a la sede de su grupo favorito. Siento un dolor infinito, que me mantiene como sedada, y una gran rabia e impotencia.

Cuando estoy a solas, lloro. Pero frente a los niños me contengo. Eri se ha portado como un hombrecito; Alfredito me pregunta a cada rato dónde está su papá, cuándo va a regresar.

Bueno, papito, ya me despido. Don Michael ha sido muy gentil, incluso pasará a recoger la carta dentro de una hora.

Con todo mi amor,

Teti

Abogado Don Erasmo Mira Brossa
Tegucigalpa
San Salvador, jueves 9 de marzo de 1972

Estimado amigo:

Antes que nada permítame reiterarle mi apoyo en hora tan difícil. La muerte de un ser querido es un golpe que debe unir a las familias y a las amistades. Y si el azar o el destino, nunca lo sabremos, ha querido que yo me encuentre en este país en este momento, cuando puedo serle de utilidad a usted y a su querida familia, tenga la certeza de que será para mí un gusto y un honor apoyarlo en lo que esté a mi alcance.

Considere un hecho que entregaré el dinero a su hija esta misma tarde. Y en lo que concierne a la muerte de su yerno, debo decirle que no cuento con más información que aquella que usted mismo conoce. He preguntado a mis amigos en la embajada sobre el caso, sin obtener resultados. La situación política en este país es tan difícil, volátil y llena de acechanzas que el desafortunado crimen del señor Aragón no ha recibido la atención que merece.

Como usted estará enterado, el clima electoral ha tomado cauces inesperados. El resultado de las elecciones presidenciales del pasado día 20 fue tan reñido que las dos fuerzas políticas contendientes se adjudicaron el triunfo, se acusaron mutuamente de fraude, aunque al final debieron aceptar que ninguno de los dos candidatos obtuvo la mayoría para convertirse en presidente. Pero el hecho de que haya tenido que ser el Congreso quien decidiera, el pasado viernes 25, elegir al candidato del partido oficial como presidente de la República, si bien se basa en la más impecable legalidad democrática, creo que en vez de calmar los ánimos los caldeará. Las pasiones están desatadas. Y si tomamos en cuenta que el próximo domingo 12 habrá elecciones legislativas y municipales, usted comprenderá por qué es tan difícil obtener información sobre el asesinato del señor Aragón.

He conversado, sin embargo, con el agregado policial de la embajada, a quien he pedido como un favor personal que ponga especial atención a cualquier dato que pueda ayudar a aclarar el crimen de su yerno. Debe usted saber que he venido en misión temporal a este país y carezco de autoridad en la embajada, a diferencia de como la tuve en otros tiempos.

Le reitero mi apoyo en estos momentos de dolor. Creo que el pronto regreso de su hija Esther y sus dos niños a Tegucigalpa será motivo de tranquilidad para usted y para doña Lena. Temo que la situación en este país pueda empeorar: hace exactamente una semana dio señales públicas de vida un grupo guerrillero. Y ya sabemos que cuando el comunismo apela a las armas las cosas se pueden descomponer con rapidez. Esperemos que no suceda así.

Recuerdo con grata nostalgia las pláticas con usted y su esposa en su casa de El Hatillo: el aire puro, el zumbido de los pinos, el jardín de los geranios, el verdor, el té de limón al atardecer, la neblina cayendo como un manto blanco sobre el bosque.

Hágale llegar, por favor, mi más afectuoso saludo a doña Lena.

Y reciba usted un abrazo de su amigo,

Michael Fernández

San Salvador, miércoles 15 de marzo de 1972

Papito adorado:

No le he escrito hasta ahora porque no quiero abusar de don Michael. Muchísimas gracias por el dinero. Espero que el pago de los seguros de Clemente se arregle lo más pronto posible para no tener que molestarlo otra vez. De hecho, el proceso en la aseguradora privada parece que avanza con rapidez; en el seguro social las cosas tardan más por la burocracia.

Hablé con el coronel Aguirre, el director de la Policía, quien me dijo que el crimen de Clemen tiene que haber sido una equivocación. El coronel es alcohólico anónimo y llegó a la funeraria a presentarme sus condolencias; entonces me dijo que estaba impactado y que haría todo lo que estaba a su alcance para que los culpables sean capturados. Ayer vino un momento a casa, con su señora, a ponerse de nuevo a mis órdenes. Clemen dirigía el grupo al que pertenece el coronel y otros militares muy importantes que también lo querían muchísimo. El coronel me dijo que él es amigo de uno de los dueños de la aseguradora, que hablará con éste para que agilicen el caso. Le estoy tan agradecida.

Estoy tratando de vender el carro de Clemen; a mí de nada me sirve conservarlo porque no sé conducir. Parece que no me darán mucho dinero: es un carro muy pequeño, pero Clemen lo quería montones, era como su juguete preferido. Oscarito, el hijo de Clemen, quisiera quedarse con el carro, dice que esos Austin Cooper son un modelo descontinuado, que le gustaría conservarlo como un recuerdo de su papá, pero a mí me urge el dinero.

Los hijos mayores de Clemen se han portado muy bien conmigo; no puedo quejarme. Todos están claros, además, de que la casa y las cosas que están en ella me pertenecen, que siempre han estado a mi nombre. Les entregué la ropa y las pertenencias de su papá para que se las repartieran. En realidad, aparte de su ropa, de la colección de encendedores y de sus bolígrafos, Clemen era poco dado a llenarse de cosas.

Quien me preocupa es Eri. La muerte de su papá lo ha sorprendido en una edad difícil, a punto de entrar a la adolescencia. Lo he notado muy callado, como introvertido. Mi niño... Cuando lo veo con su carita seria, ceñuda, y pienso que Clemen ya no está para orientarlo, siento como si se me apretara el corazón.

Mi mamita me llamó ayer para regañarme porque, según ella, no me apresuro a regresar con ustedes. Le he tratado de explicar que la situación no depende de mí, que en cuanto las cosas estén listas, partiremos. Pero ya sabe usted cómo es el carácter de ella: se puso a gritar cosas muy feas de Clemen y de los salvadoreños, histérica, diciendo que lo que yo pretendo es hacerle daño a Eri, como si no fuera mi hijo, con tan mala suerte que la comunicación se cortó. Dígale, por favor, que comprenda que yo estoy haciendo todos mis esfuerzos para resolver los problemas, que mi situación es difícil y que el hecho de que no haya relaciones diplomáticas entre los dos países lo complica todo. Yo entiendo que ella esté angustiada porque la situación política es tensa, pero ni Clemen ni yo nunca nos metimos en política, y los amigos aquí se han portado muy bien con nosotros en esta tragedia, dándonos todo el apoyo.

Bueno, papito, ya me despido. No sabe cuánto significa saber que usted está detrás de mí, que no estoy sola.

Con todo mi amor y muchos besos,

Teti

Abogado Don Erasmo Mira Brossa
Tegucigalpa
San Salvador, martes 21 de marzo de 1972

Estimado amigo:

Comprendo su preocupación por los recientes acontecimientos políticos en este país. Le puedo asegurar ahora, con total certeza, que la calma ha llegado, que ni su querida hija ni sus adorados nietos corren el menor peligro. Las elecciones legislativas del pasado domingo 12 ratificaron que el partido de Gobierno sigue contando con el favor de los votantes; las protestas montadas por la oposición la semana pasada, para denunciar un supuesto fraude, no pasaron a más y ahora los ánimos tenderán hacia la calma y hacia la estabilización. Aunque en la alianza opositora están incluidos los comunistas, la mayoría la constituyen los demócratas cristianos liderados por el ingeniero Duarte, quien es un buen amigo nuestro y un demócrata de corazón. Le reitero que lo peor ha pasado ya. El Ejército, además, se mantiene unido detrás del partido de Gobierno. Y tanto usted como yo sabemos que ésta es la garantía de estabilidad.

Lamentablemente no tengo nuevas noticias que darle sobre la muerte de su yerno. He hablado con algunas autoridades y todas coinciden en que ese lamentable hecho fue producto de la confusión, que el señor Aragón no era el objetivo de ese acto criminal, y tienen la firme convicción de encontrar pronto al malhechor. En cuanto me entere de algo nuevo y sólido, tenga la seguridad de que se lo haré saber con prontitud.

Saludos a su distinguida esposa; también Martha les envía sus recuerdos.

Un abrazo de su amigo,

Michael Fernández

San Salvador, martes 28 de marzo de 1972

Papito adorado:

Le escribo con la esperanza de que don Michael pueda hacerle llegar lo más pronto posible esta carta. Ayer cuando por fin pude hablar con ustedes por teléfono fue muy a la carrera, por miedo a que la comunicación se cortara. ¡Qué momentos más horribles y de pánico hemos vivido! Nadie se esperaba este golpe de Estado. A nosotros nos tocó padecerlo más de cerca, porque la colonia donde vivimos está ubicada justo detrás del cuartel San Carlos, dominado por los golpistas. Por suerte parece que todo se ha resuelto ya y la situación ha vuelto a la calma.

A la medianoche del viernes al sábado, me despertó el ruido de camiones y de hombres marchando. Me asusté. Con mucho sigilo me acerqué a la ventana y descubrí, pese a la penumbra, que había movimiento de militares en la calle. Pensé lo peor: otra guerra contra Honduras y que ahora me tocaría sufrirla sin la protección de Clemente. Volví a la cama hecha un manojo de nervios. Encendí el radio, con el volumen muy bajo para que los niños no despertaran, pero nada encontré a esa hora. Yo sabía que algo grave debía de estar ocurriendo, porque los militares no salen a medianoche a la calle así como así. Me sentí tan angustiada, tan desprotegida. ¡Papito, no sabe cómo me hace falta Clemen, cómo lo extraño, qué horrible es su ausencia! Ya no pude volver a pegar los ojos.

Eran las dos de la mañana, cuando sonó el teléfono. El corazón casi me da vuelta. Era Margarita, la prima hermana de Clemen. Me dijo que la disculpara por llamarme a esa hora, pero que su colonia estaba llena de soldados, que se escuchaban disparos del lado del cuartel de la Guardia Nacional, y como yo vivo cerca del cuartel San Carlos, quería saber qué estaba sucediendo de este lado de la ciudad, si yo me encontraba bien. Le dije que desde la medianoche había soldados en la calle, pero sólo eso, no se había escuchado ni un solo disparo. Me dijo que Rafa, su marido, había hablado con un compañero de trabajo que vive frente al cuartel de la Guardia y que parecía que los soldados habían rodeado este cuartel y disparado contra las casamatas.

Oscarito me llamó una media hora más tarde para preguntarme si yo ya sabía lo del golpe de Estado y para saber cómo estaban las cosas por la colonia; me dijo que había soldados en varios puntos de la ciudad y que se hablaba de combates por la zona de la Guardia y también en el centro de la ciudad, alrededor del cuartel de la Policía. Le dije que Margarita, que vive en la colonia Atlacatl, ubicada frente a la Guardia, ya me había contado lo que sucedía por allá.

Llamé a mi cuñado Alberto, pero me respondió su esposa, Estela. Me dijo con molestia que Alberto aún no llegaba, que seguramente se había quedado bebiendo con sus amigotes, como casi siempre hace. Le conté lo del golpe. Me dijo que no sabía nada, que ojalá Alberto no anduviera por las zonas conflictivas. Quedó muy preocupada.

Le rogué a Dios que no hubiera disparos cerca de casa, porque no quería despertar a los niños. ¡Pobrecitos, tengo tanto miedo de que se traumen con todo lo que les ha sucedido! Primero la guerra con Honduras, hace un mes el asesinato de Clemen y ahora este golpe de Estado.

Margarita me llamó unos minutos después para decirme que las cosas se habían puesto horribles en su colonia, que Rafa y ella tenían mucho miedo porque los tiros se escuchaban ahí nomasito. Los guardias habían logrado salir del cuartel y peleaban contra los soldados en los pasajes de la colonia. Me dijo que habían puesto un colchón parado contra la puerta de entrada, ella estaba encerrada en la habitación y Rafa por momentos se acercaba a la ventana que daba al pasaje para curiosear.

Se me olvidaba decirle, papito, que cortaron la luz en toda la ciudad. Yo me alumbraba con una vela y tenía listas otras por si despertaban los niños. Y también fui a la habitación de la muchacha, Fidelita, para darle una vela y pedirle que estuviera alerta, por si había una emergencia.

Después sucedió lo que más temía: un avión comenzó a sobrevolar el cuartel. Entonces ya no tuve dudas. Me fui al cuarto de los niños con las velas y los desperté para que nos colocáramos debajo de los colchones por si había bombardeo. Alfredito no entendía nada, pero Eri estaba muy excitado. Le expliqué que al parecer había un golpe militar contra el Gobierno; muy hacendosito me ayudó a colocar los colchones de la base de una cama a la otra y nos acostamos los tres en el piso, debajo de ellos. El avión siguió sobrevolando la colonia. Fue cuando explotó la primera bomba, en la cancha de fútbol del cuartel, según se supo después.

Aproveché que el avión se había retirado para llamar a Margarita y a Oscarito; les conté lo que había sucedido. Después llamé a otras amigas y ya no me sentí tan sola, porque todo mundo estaba atento al golpe y preocupado por cómo la estábamos pasando los niños y yo, debido a nuestra cercanía con el cuartel San Carlos. Margarita me contó que su colonia se había convertido en un campo de batalla, que las detonaciones se escuchaban dentro de las casas, porque los pasajes entre una manzana y otra son peatonales y estrechos, con arbolitos y setos, muy lindos, pero los soldados estaban apostados en los propios jardines de las casas. ¡Imagínese qué miedo!

Alfredito se volvió a dormir, por suerte está muy pequeño y aún no entiende; pero Eri se quedó despierto el resto de la noche, muy excitado, y sólo lograba convencerlo de que se metiera debajo de los colchones cuando escuchábamos el ruido del avión y yo me metía con él, si no se la pasaba a mi lado, escuchando las conversaciones telefónicas, y a veces salía al patio de la casa, pese a mis advertencias en sentido contrario.

Antes de que amaneciera, los golpistas lanzaron su proclama en una cadena nacional de radio. Informaron de que habían capturado al presidente de la República, que la situación estaba bajo su control y que instalarían una junta revolucionaria de Gobierno. ¡Tamaña sorpresa me llevé al descubrir que quienes encabezaban esa junta eran el coronel Mejía y el flaco Pérez, dos buenos amigos de Clemen que formaban parte de uno de sus grupos de alcohólicos anónimos!

Pronto me llamó Chema Guardado, un gran abogado y político, muy amigo de Clemen, también preocupado por mi situación y la de los niños, quien me explicó que el golpe lo dirigían desde el cuartel El Zapote, donde está la artillería, y desde el San Carlos, donde está la infantería, y que la Guardia, la Policía y la aviación se oponían a los golpistas. ¡Imagínese la gran división entre los militares! Por única vez, y pidiéndole perdón a Dios, di gracias de que Clemen no estuviera vivo, porque tenía amigos entre los jefes de ambos bandos y se hubiera visto en graves aprietos.

Yo misma soy amiga de las señoras de algunos de esos militares, a quienes frecuentaba en las reuniones y demás eventos organizados por las damas de los alcohólicos anónimos. Incluso han venido a pequeñas fiestas a nuestra casa y nosotros hemos ido a las de ellos. Pensé en llamar a alguna, en especial a Anita, la mujer del flaco Pérez, a quien tanto cariño le tengo, o a Blanca, la esposa del coronel Aguirre, el jefe de la Policía, que tan gentiles se han portado conmigo, pero después me dije que seguramente no estarían en sus casas, en previsión de lo que pudiera suceder, y estando yo tan sola no podía arriesgarme.

Al amanecer la situación aún era confusa, porque si bien en la radio los golpistas decían que todo estaba bajo su control, lo cierto es que los aviones seguían sobrevolando el cuartel San Carlos y, según lo que Margarita me informaba, persistían los combates entre soldados y guardias en los pasajes de la colonia Atlacatl.

Todo fue que saliera el sol para que Eri se encaramara al techo de la casa, tal como habían hecho los vecinos, sin importarle mis advertencias ni mi enojo. Le dije que los aviones podían errar su blanco, perder la puntería, tirar una bomba cerca de la casa, que el cuartel está ubicado apenas a quinientos metros, que él no tendría tiempo de bajar del techo. Pero no hubo manera de convencerlo: se quedó un par de horas allá arriba, gritando con los vecinos, como si el ataque de los aviones fuera parte de un carnaval.

Y después del desayuno fue peor, porque vinieron sus amiguitos y todos juntos salieron en bicicleta a la calle. ¡Ay, papito, no sabe cómo me hace falta Clemen! A veces me cuesta un mundo que Eri me haga caso. No le importaron mis súplicas para que se quedara en casa. No lo culpo. Si los vecinos hicieron grupos en la calle para comentar la situación, con las puertas abiertas y los radios a todo volumen, como si se tratara de una fiesta nacional y no de un golpe de Estado.

Margarita me contó que en su colonia la situación era todavía más horrible. En esos estrechos pasajes, los grupos de niños y de curiosos caminaban detrás de los soldados o de los guardias, en espera de que éstos dispararan, para lanzarse enseguida al suelo a disputar por los casquillos que quedaban tirados. ¡Imagínese! Esta gente parece que no le tiene miedo a nada. Y Eri se comporta como ellos. ¡Mi muchachito, cómo le hace falta su papá!

A media mañana la situación aún no se definía. Los golpistas lanzaban proclamas en la radio y amenazaban con cañonear el cuartel de la Guardia para que ésta se rindiera. El hecho de que el presidente, el general Sánchez Hernández, fuera rehén de los golpistas nos hizo pensar que el Gobierno estaba perdido. Y hubo algarabía en las calles cuando el candidato presidencial de la oposición, a quien dicen que le robaron el triunfo en las pasadas elecciones, el ingeniero Duarte, habló en la radio a favor del golpe. Todo parecía consumado.

Pero a mí me habló de nuevo Chema Guardado para preguntar por la situación en mi zona; me explicó que nada se había definido aún, que la Guardia, la Policía y la Fuerza Aérea se mantenían firmes con el Gobierno. Más tarde volví a llamar a Margarita, quien me dijo que muchos soldaditos eran pobres campesinos adolescentes que apenas conocían la ciudad, que le tenían mucho miedo a los guardias nacionales, más viejos y experimentados, y que al parecer la toma de la Guardia iba para largo.

En ésas estaba yo, hablando con la prima hermana de Clemen, cuando hubo una gran explosión muy cerca de la casa. Todo retumbó. Tiré el teléfono y salí en estampida para ver dónde estaba Eri. Venía entrando a la cochera muy agitado. Me dijo que él y su grupo de amigos estaban en la esquina cuando vieron que el avión lanzó unos papelitos, pero no eran papelitos sino bombas. Salieron en carrera cada quien para su casa. ¡Increíble, papito, una bomba cayó en el medio de la bocacalle, frente a la casa de los Ochaeta, a ciento cincuenta metros de aquí! Regañé a Eri y le advertí que no volviera a salir. Pero pronto hubo revuelo entre los vecinos y todos fuimos a ver el inmenso cráter que había dejado la bomba en la calle; las casas de los alrededores perdieron los cristales y algunas sufrieron averías en sus techos, pero no hubo ninguna desgracia personal que lamentar, por suerte. Carmencita Ochaeta estaba en *shock*. Yo le propuse que se viniera a mi casa, pues la de ella está demasiado junto al cuartel; pero me dijo que se iría donde su hermano. La pobre también perdió a su esposo hace tres meses por culpa de un cáncer cerebral, y ha quedado con cinco niños. Eri y sus amiguitos bajaron al cráter a recoger esquirlas, pese a que les advertí que no hicieran eso. Me enojé mucho con él, pero la verdad es que todos los niños estaban muy excitados. Regresé a casa para llamar a Chema y contarle lo del bombazo. Enseguida muchas amistades me telefonearon para preguntarme qué había sucedido, cómo nos encontrábamos.

Ya hacia el mediodía la gente comenzó a intuir que los golpistas la tenían difícil. Margarita me contó que en su colonia muchos soldaditos tocaban a las puertas de las casas para que los dejaran entrar, pedían que les prestaran ropas civiles, abandonaban el uniforme y sus armas, y así trataban de escapar de los guardias. Circulaban rumores también de que tropas de Guatemala y de Nicaragua venían a apoyar al Gobierno y a liberar al general Sánchez Hernández. Los golpistas, ahora con el ingeniero Duarte hablando a cada rato en la radio, lanzaron un ultimátum para que la Guardia se rindiera, si no procederían a atacarla con toda la artillería.

Lo cierto es que a media tarde el golpe había fracasado. Hubo un momento de gran confusión hasta que el presidente Sánchez Hernández habló en la radio para decir que se encontraba sano y salvo y que garantizaba el regreso al orden. Nadie podía creerlo. Muchos de mis vecinos que votaron por el ingeniero Duarte estaban muy decepcionados y no se explicaban por qué los golpistas no habían bombardeado el cuartel de la Guardia; los más enardecidos insultaban a los golpistas, los calificaban de «cobardes» y lamentaban que no hubieran ejecutado a Sánchez Hernández. Yo, como soy extranjera, no tengo opiniones; pero di gracias a Dios de que la calma hubiera vuelto.

Lo que sí lamento es la mala suerte de las familias de los amigos de Clemen que se involucraron en el golpe. Pobre de la Anita y sus niños: se han tenido que asilar en la Nunciatura Apostólica. Otros se metieron a las embajadas de México y de Argentina.

Como se dará cuenta, papito, las cosas no terminan de componerse en este país. Pero yo no me puedo ir ahora mismo. Aún me faltan muchos asuntos que arreglar. Tengo la esperanza de que me compren el Austin Cooper de Clemen esta semana; un señor que colecciona esos carros me dijo que con seguridad pasado mañana tendrá listo el dinero. Los niños no fueron a clase ayer lunes, sino hasta hoy, porque aún hay miedo de que algo suceda. Muchas de mis amigas han hecho compras de emergencia.

Yo suspendí la misa de treinta días por la muerte de Clemen que debía celebrarse ayer. El propio padre me recomendó que la pospusiéramos para el próximo lunes. Llamé a las amistades y a los familiares de Clemen para avisarles. Todos comprendieron mi decisión.

Sé que con tanto alboroto las investigaciones sobre el asesinato de Clemen permanecerán detenidas un rato; pero no pierdo la fe. Blanca, la esposa del coronel Aguirre, me llamó esta mañana para preguntar sobre nuestra situación. Me dijo que el susto fue grande para todos, que lo peor ya ha pasado y que gracias a Dios también nosotros estábamos bien. Ellos son tan atentos.

Aún no he podido hablar con don Michael; ayer intenté varias veces, pero no lo encontré. Seguramente tiene mucho trabajo. De todas maneras pasaré a dejarle la carta en la embajada, para que se la pueda hacer llegar a usted lo antes posible.

Con todo mi amor,

Teti

San Salvador, miércoles 29 de marzo de 1972

Papito adorado:

Aún no he llevado la carta de ayer a la embajada para entregársela a don Michael. Voy a meter ésta también en el sobre. La situación se ha complicado: Alberto, el hermano de Clemente, partió esta mañana subrepticiamente hacia Costa Rica. Tuvo miedo de que los militares lo capturaran. No participó en el golpe, según me aseguró mi cuñada Estela, pero es muy amigo del flaco Pérez, el líder civil de los golpistas. La pobre Estela se ha quedado con Albertico; dice que hasta que Alberto la llame desde allá, no podrá irse. ¡Imagínese cómo la hubiéramos pasado con Clemente, que era amigo y compañero alcohólico anónimo de los líderes de los dos bandos! Con una desgracia, Dios nos ha librado de otra.

Yo le dije a Estela que el hecho de que Alberto sea amigo del flaco Pérez no es razón suficiente para que los militares lo capturen, pero parece que el flaco y otros involucrados en el golpe habían visitado recientemente la casa de mi cuñado y éste temió una represalia. No es para menos: al pobre ingeniero Duarte lo sacaron de la embajada de Venezuela, donde se había asilado, y parece que lo han dejado casi muerto de la golpiza; el flaco y otros golpistas siguen en la Nunciatura Apostólica, espero que no les pase nada. Logré hablar con Anita, la mujer del flaco, y está como loca, la pobre. Me dijo que ella se lo había advertido, que no se metiera en política, mucho menos con los militares, pero los hombres son necios.

El señor Iraheta, quien comprará el Austin Cooper de Clemen, me llamó hace unas horas para asegurarme que mañana tendrá listo el cheque y podremos firmar el traspaso. Lo que me preocupa es la hipoteca de la casa y las colegiaturas de los niños. Con Clemen hemos pagado puntualmente, pero debo seguir abonando cada mensualidad hasta que la alquile y partamos hacia Honduras; tampoco puedo atrasarme en el pago del colegio, aunque el hermano Lisandro, quien es el profesor de Eri, me sugirió que solicitara una beca. Mientras tanto, ocuparé parte del dinero de la venta del carro en todo eso; hasta que no me entreguen el dinero de los seguros, me veré muy apretada.

Bueno, papito, llego hasta aquí porque Oscarito pasará por mí en cualquier momento para llevarme a dejar el sobre donde don Michael.

Los amo con todo mi corazón,

Teti

Abogado Don Erasmo Mira Brossa
Tegucigalpa
San Salvador, sábado 1 de abril de 1972

Estimado amigo:
Comprendo su preocupación por los recientes acontecimientos en este país y por la seguridad de su familia. El golpe nos tomó a todos por sorpresa. Yo he tenido una se-

mana de muchísimo trabajo. Me vi obligado a hacer a un lado el estudio por el que fui enviado desde Washington y me aboqué, bajo solicitud expresa de mi jefe, a apoyar al embajador en su labor de mediación. Aún conservo muchos contactos de la época en que estuve al frente de esta embajada, y el subsecretario consideró que mi intervención podía ser de utilidad. Esperemos que así haya sido.

Por lo anterior, me permito asegurarle que lo peor ha pasado ya y que la situación tenderá ahora hacia la estabilización. Un golpe abre la puerta para que las fuerzas descontentas dentro de una institución militar se manifiesten, y si ese golpe es infructuoso, y esas fuerzas hechas a un lado, el mando queda más consolidado y las aguas vuelven a su nivel. Usted con su experiencia lo sabe mejor que yo. Como dice un refrán popular de estas generosas tierras: «No hay mal que por bien no venga».

En otra oportunidad, cuando haya terminado mi misión por acá, le escribiré con más detalle; será una forma de continuar las nutritivas conversaciones que sostuvimos caminando entre los pinares y que ahora recuerdo con nostalgia. Mientras, le adjunto el sobre con las cartas de su estimada hija.

Reciba un fuerte abrazo de su amigo,

Michael Fernández

San Salvador, jueves 6 de abril de 1972

Papito adorado:

Parece que por fin me entregarán la próxima semana el dinero del seguro de vida de Clemen. No es mucho, pero me servirá para subsistir mientras arreglo todas las cosas para que nos traslademos a Tegucigalpa, sin necesidad de estarle pidiendo tanto a usted. Yo espero en unos tres meses, a lo sumo, estar lista para la mudanza. Mi mamita me ha llamado en dos ocasiones en esta semana para reclamarme por qué no he llegado. Dice que ya todo lo tiene arreglado: la habitación donde dormiré yo y Alfredito, la habitación de Eri, la inscripción de los niños en el colegio. Ella se sulfura, por su enfermedad de los nervios, y me grita, como si yo tuviera la culpa de que las cosas sean tan difíciles, como si yo tuviera la culpa de que no haya relaciones entre los dos países. Aún estoy averiguando si puedo cruzar la frontera con mis cosas o si deberé ir primero a Guatemala y luego entrar a Honduras.

Papito lindo, yo le agradecería que le hiciera tomar conciencia a mi mamita de que ya soy una mujer adulta, que estoy acostumbrada a tener mi casa y mi independencia, que viví nueve años con mi marido haciendo mi vida de acuerdo con mis ideas, y que si regreso a Tegucigalpa es para continuar mi propia vida con mis hijos y con ustedes. Le quiero ser sincera: me asusta la idea de volver a la casa con mi mamita. Ella no controla su carácter, cada vez está más enferma de los nervios, y a la menor provocación me agrede, me insulta, cree que puede decidir sobre mi vida como si yo fuera una niña.

Yo sé que no es fácil, que si usted toca el tema ella explota. Pero para mí significa un cambio tremendo: yo no puedo volver a ser una hija de dominio. Sé que usted me entiende. Yo estoy haciendo todo lo posible para arreglar las cosas con el objetivo de regresar lo más pronto a mi país, pero no quiero convertir mi vida en un infierno, ni arruinar la vida de mis niños. Mi mamita cree que al regresar, ella será quien decida nuestra vida, lo que podemos hacer y lo que no podemos hacer. Me siento intimidada. Yo no quiero vivir de nuevo lo que fue mi vida cada vez que regresaba de mi *high school* en Washington. Se lo digo con el corazón en la mano, papito, comienzo a tener mucho miedo: quedarme aquí, sola, en medio de gente que me quiere, pero a la que no pertenezco, y sin un ingreso fijo para sobrevivir, no me hace mucha gracia; pero volver a sufrir todas las humillaciones a las que mi mamita me ha sometido tampoco me entusiasma.

Bueno, papito, lo dejo. Viene llegando Oscarito con su novia. Se van a casar en tres meses; el pobre tenía tanta ilusión de que Clemen lo acompañara a la boda. Ni modo, nada se puede contra la voluntad de Dios.

Me parece que lo mejor es llevarle las cartas a don Michael cada quince días, para no abusar. Si surge algo urgente, le hablaré por teléfono.

Los amo con todo mi corazón,

Teti

San Salvador, domingo 9 de abril de 1972

Papito adorado:

Ahora que es domingo en la tarde tengo tiempo de contarle algo que no me esperaba: don Pericles, mi suegro, a quien casi nunca había tratado, porque por sus ideas políticas ha vivido mucho tiempo en el exilio y su relación con Clemente era muy mala, casi inexistente, y las pocas veces que estuvimos juntos me miraba con recelo y apenas me saludaba, como si yo fuera una apestada, ahora ha venido a visitarme en tres ocasiones. Siempre creí que era un hombre amargado, que no toleraba que Clemen hiciera su vida sin mezclarse con las ideas políticas que él profesa. Pero es un señor que inspira mucho respeto, casi miedo, que ha estado siempre metido en cosas muy serias, aferrado a sus convicciones, arriesgando su vida.

No me lo creí cuando apareció por casa hace unos quince días. Pensé que venía por algún trámite, que nada más quería que yo firmara algún documento y pronto se iría. Él es como un mito para cierta gente en este país y yo me sentí muy intimidada. No venía por ningún trámite y fue tan amable, estuvo tan interesado en los niños y en cómo están superando la muerte de Clemen, que pronto fuimos intimando y yo me sentí muy en confianza con él. ¡Es increíble cómo un pleito entre padre e hijo pudo impedirme frecuentar a un señor que inspira tanto respeto! Las tres veces ha traído dulces para los niños y me ha hecho muchas preguntas sobre mi situación, sobre lo que pienso hacer, sobre lo que ustedes opinan, sin externar ningún juicio al respecto, muy interesado y respetuoso.

La segunda vez que vino le pregunté por qué creía él que habían asesinado a Clemen. Guardó silencio un rato y después me dijo que aún no lo sabía con certeza, que tenía un par de hipótesis. Le conté lo que me había dicho el coronel Aguirre, en el sentido de que el crimen pudo deberse a una confusión. Me preguntó si el coronel había especificado con quién habían confundido a Clemen. Le dije que no. Se quedó pensativo durante un momento. Me arrepentí de haberle revelado eso, porque don Pericles podía pensar que a Clemen lo habían confundido con él. Pero enseguida me dijo que no le parecía que hubiera habido ninguna confusión: sólo Clemen era alcohólico anónimo, dirigía el grupo de la colonia Centroamérica, se quedaba hasta el final en las reuniones de los domingos en la noche y tenía un Austin Cooper. Iban por él, me aseguró. Y entonces yo comprendí que así era.

La última vez que vino, anteayer viernes en la tarde, le pregunté si el crimen de Clemen podía tener relación con el golpe de Estado. Es una idea, papito, a la que le he estado dando vueltas en mi cabeza, aunque yo estoy segura de que Clemen no estaba enterado de ello, si no algo me hubiera comentado, yo hubiera tenido alguna señal, le hubiera detectado su preocupación. Don Pericles me dijo que ésa era una hipótesis, pero que aún era pronto para saberlo.

Usted está enterado, papito, de que Clemen participó en el frustrado golpe contra el general Martínez en 1944, que en esa ocasión fue capturado y condenado a muerte, pero logró escapar de la cárcel y salió exiliado hacia México. Desde ese incidente, y debido a las vejaciones y angustias que tuvo que sufrir, juró nunca más meterse en política, a diferencia de su padre y de su hermano Alberto, quienes también participaron en el golpe de Estado de 1961, cuando derrocaron al coronel Lemus. Clemen nunca se hubiera involucrado en un nuevo golpe, estoy absolutamente segura de ello y así se lo dije a don Pericles. También le dije que en la actual situación yo cada vez dudo más de que vayan a capturar al criminal; él me dijo que pensaba lo mismo.

Supuestamente el martes me entregarán el cheque con el dinero del seguro privado de vida de Clemen; parte de ello lo guardaré para reiniciar mi vida en Tegucigalpa y otra parte será para la mudanza. Lo del seguro social tardará por lo menos un mes más, me dicen, y tengo que dejar todo arreglado para que la mensualidad que me tienen que dar a mí y a los niños me sea enviada a Tegucigalpa. Como ve, las cosas no son tan fáciles.

Besos para mi mamita y muchos más para usted,

Teti

San Salvador, viernes 14 de abril de 1972

Papito adorado:

Le escribo esta carta cuando me encuentro en un pésimo estado de ánimo, bastante deprimida y triste. Mi mamita me habló hace unas horas por teléfono para decirme que ya ha pasado un mes y medio desde la muerte de Clemente y que ella no entiende por qué no he llegado aún a Tegucigalpa. Le expliqué todos los trámites que estoy haciendo y cómo las cosas no dependen sólo de mí. Luego le dije que Eri acaba de comenzar su sexto grado de primaria y Alfredito su segundo y que para inscribirlos en Honduras necesito autenticar las calificaciones del año anterior, a través de la embajada de México, que es la encargada de representar los intereses de Honduras en El Salvador después de la guerra. Me gritó que me dejara de excusas, que la inscripción de los niños ella la arreglará con una sola llamada al ministro. Quise explicarle que no sé aún qué hacer con mis cosas de la casa. Ella me dijo que debo venderlo todo y regresarme, que ella ya tiene todo instalado allá. Le dije que yo no quiero deshacerme de los muebles y electrodomésticos que con tanto esfuerzo fuimos comprando con Clemen. Entonces ella perdió los estribos y me dijo que yo me he quedado aquí sólo para

135

aprovechar que estoy viuda y pasármela «puteando a saber con qué tipo de gentuza». Le repito tal cual sus palabras porque me hirieron profundamente. Cada vez me da más miedo regresar donde mi mamita. Le ruego que hable con ella y le explique que antes de dos meses será prácticamente imposible que yo regrese y que me voy a llevar mis cosas porque después de un periodo voy a instalar mi propia casa allá.

La buena noticia es que ayer me dieron el cheque por el seguro privado de vida de Clemen. Metí la mayor parte del dinero al banco, a plazo fijo. Trataré de ahorrar al máximo en estos dos meses. Aparte de la hipoteca de la casa y de las colegiaturas de los niños, debo hacer otros pagos mensuales: el abono para la nueva estufa que compramos al crédito hace cuatro meses, el salario de Fidelita, los servicios (la luz, el agua y el teléfono) y la cuota para el vigilante nocturno de la colonia.

Parece que mi cuñada Estela y Albertico partirán hacia Costa Rica en los próximos días. Albertico tiene veinte años y estudia en la universidad; acaba de comenzar el cuarto semestre de sociología y lo más conveniente sería que permaneciera aquí hasta terminar la carrera, pero ha aceptado trasladarse. Mi cuñado Alberto ya consiguió empleo como administrador de una emisora en aquel país y ha alquilado una casa en las afueras de San José. Estela enfrenta mi mismo problema porque deberá trasladar todas sus pertenencias. Claro, mudarse de El Salvador a Costa Rica, aunque sea más lejos, es mucho más sencillo que de El Salvador a Honduras, que son vecinos pero enemigos.

Los quiero con todo mi corazón,

Teti

San Salvador, domingo 23 de abril de 1972

Papito adorado:

Estoy muy preocupada. La relación con mi mamita, en vez de mejorar, ha empeorado. Durante esta semana me ha llamado en tres ocasiones para reclamarme que yo no haya llegado aún a Tegucigalpa. Ella propone que mande a los niños ahora mismo y que yo llegue cuando termine de finiquitar mis asuntos. Pero yo no quiero separarme de mis hijos, menos en este momento cuando recién han perdido a su padre; creo que sería traumático para ellos. Así se lo dije y una vez más perdió los estribos: comenzó a insultarme, a gritarme que lo traumático para los niños era permanecer en este país, y a hacerme las mismas acusaciones de siempre.

He comenzado a dudar de si lo más prudente es trasladarme a la casa de ustedes, papito, no por usted, por supuesto, que es tan comprensivo conmigo, sino porque creo que será casi imposible la convivencia con mi mamita. Mi idea es alquilar una casita, instalarme de una vez en ella con mis cosas. He llamado a mi madrina Berta para que me averigüe el precio de los alquileres. No le vaya a contar nada de esto a mi mamita, por favor; usted la conoce mejor que nadie y ya sabemos cómo reaccionaría de mal.

Le cuento que he comenzado a tomar lecciones para conducir auto. Viene un instructor una vez al día, después de almuerzo, y durante una hora salimos por las calles. Ya llevo tres sesiones. Estoy entusiasmada porque esto me servirá un montón también en Tegucigalpa, aunque ahora

137

mismo no tenga un carro. Con Clemen me acostumbré a que él me llevara a donde yo necesitaba ir. Oscarito y algunas de mis amigas me ayudan en esta época difícil a transportarme, pero no quiero abusar de su generosidad.

Don Michael me ha informado de que a finales de mes regresará a Estados Unidos, que ya ha finalizado su trabajo acá. Es una lástima. Tendremos que buscar otro canal.

Lo quiero con toda mi alma,

Teti

San Salvador, jueves 27 de abril de 1972

Papito adorado:

Estoy abatida, desesperada. No sé cómo mi mamita se enteró de mis planes de alquilar una casita en Tegucigalpa. Me ha llamado enfurecida esta mañana para insultarme de una manera horrible. Y dijo que ella no permitirá que nosotros vivamos fuera de su casa, como si yo fuera una niña de dominio, una adolescente, y no una mujer de treinta y un años. Algo así le reclamé. Y se puso peor: me dijo que yo soy una inútil, que sólo podré vivir del dinero de ustedes, que los únicos empleos que he conseguido han sido gracias a las gestiones de ustedes. Estoy realmente abrumada porque tengo la impresión de que con mi regreso iré directo a un infierno, lo que no sólo me preocupa por mí sino principalmente por los niños.

Le hablé hace unos minutos a usted, pero no lo he encontrado en su bufete. Entonces llamé a mi madrina Berta para preguntarle cómo se pudo haber enterado mi mamita de mis planes. Ella me aseguró que no lo ha comentado con nadie. Las únicas otras personas que lo sabían eran mi prima Elsita y mis amigas Rosaura y Malena. Pero ahora ya no importa. En un pueblo tan pequeño como Tegucigalpa todo se sabe.

Mis amigas, tanto aquí como allá, me aconsejan que piense con cuidado mi traslado, sobre todo por la enfermedad de los nervios que padece mi mamita. Tengo miedo de arruinar mi vida, de perder mi libertad como ser humano. El problema es que por ahora tampoco tengo los medios para subsistir en este país y me da pánico gastarme el dinero del seguro. ¡Qué horrible, papito, lo que me ha hecho el destino: con la muerte de Clemen todo mi futuro se ha nublado! Me siento tan agobiada.

Yo nunca he entendido por qué a veces mi mamita me tiene tanto rencor, hasta parece que no me quisiera. Siempre ha sido así. Por eso, venirme a vivir con Clemen a El Salvador fue tan importante: pude hacer mi vida sin que ella se la pasara todo el tiempo queriendo decidir mis asuntos, juzgando mis actos. ¡Y ahora estoy aterrada ante la posibilidad de perder la independencia que con tanto esfuerzo he logrado!

Me siento confundida. Incluso he comenzado a pensar en la posibilidad de quedarme en este país donde la gente me ha recibido con tanto afecto, de buscar un empleo y probar suerte. Yo sé que eso desquiciaría a mi mamita y que a usted tampoco le agradaría. No se imagina cómo me siento a veces tan sola.

Por culpa de todo este barullo olvidaba decirle que el coronel Aguirre me llamó esta mañana, unos minutos después de mi mamita, para decirme que pronto habrá noticias sobre el asesinato de Clemen. Hoy que se cumplen dos meses del crimen parece que están a punto de capturar a los culpables. Me corroen la curiosidad y el rencor. No logro hacerme a la idea de quién pudo querer matar a un hombre tan bueno como Clemen. Pero el coronel me pidió paciencia y también prudencia.

Ésta, quizá, sea la última carta que le pueda enviar a través de don Michael; según me dijo, el próximo domingo él regresará a Estados Unidos.

No sabe cuánto le doy gracias a Dios de tener un padre que siempre ha sido comprensivo conmigo. Lo extraño y lo quiero con todo mi corazón,

Teti

Abogado Don Erasmo Mira Brossa
Tegucigalpa
San Salvador, viernes 28 de abril de 1972

Estimado amigo:

La hora de partir ha llegado. He concluido mi misión. Estoy con poco tiempo, apremiado por los preparativos del viaje; no puedo, pues, escribirle con la holgura que quisiera. Adjunto el sobre con la correspondencia de su hija para que viaje en la valija diplomática el próximo lunes, cuando yo estaré ya en Washington. Pero más temprano que tarde tendrá noticias mías, pues sé que la inquietud por la muerte de su yerno no lo ha abandonado.

Dele mis cordiales saludos a doña Lena y reciba usted un fuerte abrazo de su amigo,

Michael Fernández

San Salvador, miércoles 3 de mayo de 1972

Papito adorado:

Como le dije ayer por teléfono, estoy choqueada por la noticia de que Juancito, el hijo de la Conchi, haya matado a Clemen. Simple y sencillamente no me lo puedo creer. La Conchi es una señora adorable y fue la sirvienta de Clemen durante diez años, los últimos cuatro cuando nosotros ya estábamos casados. Y Juancito es un joven de veintidós años, a quien creo conocer muy bien: no cabe en mi cabeza que él haya podido dispararle a Clemen; tiene que haber alguna equivocación. Así se lo dije al coronel Aguirre cuando me dio la noticia, pero me respondió que las investigaciones conducían a Juancito y que éste había reconocido su crimen. Le pedí hablar con el muchacho para que me lo reconozca en mi cara. El coronel me dijo que no era el momento, que él me avisará cuando todo esté preparado para que yo lo confronte.

La Conchi vino a casa hecha un mar de lágrimas. Me aseguró una y otra vez que Juancito no tiene nada que ver en el crimen, que no se explica por qué lo acusan de algo que no cometió, que en su familia quisieron a Clemen muchísimo, como a mí me consta, que ellos siempre agradecerán su generosidad, que Juancito no tenía ningún motivo para matarlo. Ella cree que la captura de Juancito responde a una venganza.

Yo ya no sé qué creer, porque el coronel Aguirre se oía tan seguro, dijo que las investigaciones han sido rigurosas, que todas las pruebas apuntan al muchacho y que éste ha reconocido la autoría del crimen en declaración firmada; el coronel me aseguró que lo único que les falta investigar es si Juancito actuó solo o si tuvo cómplices. Cuando le dije que no comprendía los motivos por los que un buen muchacho, como es el hijo de la Conchi, pudo querer matar a Clemen, me respondió que el móvil es muy delicado, que para él era muy desagradable hablar de ello y que probablemente yo no quería escuchar algo tan feo. Pero como insistí, me dijo que al parecer Juancito odiaba a mi marido porque suponía que éste había abusado de la Conchi. Me quedé con la boca abierta. Le dije que eso no tiene ni pies ni cabeza, que la Conchi es una mujer de casi sesenta años de edad y que Clemen siempre fue muy respetuoso con ella. El coronel me garantizó que no se hablará de ello en la prensa y dijo que me llamará en los próximos días para invitarme a que lea las declaraciones y para que podamos conversar personalmente sobre el caso.

Papito, yo tengo un mal sabor, como un mal presentimiento, y hasta que no pueda hablar con Juancito y escuchar de su propia boca que él cometió semejante barbaridad, no estaré tranquila. Lo mantendré informado a usted de todo lo que acontezca para que me oriente.

Esta carta le llegará con suerte la próxima semana. Aprovecharé que mi amiga Carmencita Ochaeta viajará el viernes a Guatemala; ella pondrá la carta en el correo desde allá.

Con todo mi amor,

Teti

Abogado Don Erasmo Mira Brossa
Tegucigalpa
Connecticcut, lunes 8 de mayo de 1972

Estimado amigo:

Me siento ahora a escribirle con largueza. La tranquilidad de esta casa a la que nos hemos retirado con Martha para transcurrir nuestra vejez y la llegada de la primavera, que siempre ha despertado mis mejores energías, me insuflan el estado de ánimo propicio para relatarle mis impresiones sobre el asesinato de su yerno Clemente Aragón. Me he enterado de que las autoridades han capturado al supuesto autor material del crimen y seguramente este hecho también contribuye a mi urgencia por hacerlo partícipe de lo que escuché y de lo que pienso sobre tan lamentable suceso.

Antes debo recordarle que me retiré del servicio exterior hace exactamente once meses, a mis sesenta y cinco años de edad, satisfecho de la labor que realicé para mi país durante toda una vida y dispuesto a pasar los años que me quedan en la tranquilidad que todos merecemos. No obstante, mis viejos amigos en el Departamento de Estado me pidieron en enero pasado, apelando a mi larga experiencia diplomática en Centroamérica, que les echara una mano para definir la política a seguir en el caso de El Salvador, donde fui embajador de 1965 a 1968, después de servir en Honduras, como usted recordará. Por eso viajé a ese país y permanecí tres meses, con el propósito de realizar un estudio sobre las perspectivas políticas de mediano y largo plazo. Los acontecimientos, sin embargo, se precipitaron. La semana pasada estuve en Washington, donde entregué el estudio y presenté mis conclusiones al respecto. Por eso ahora, libre de nuevo de una responsabilidad oficial y convertido en un viejo ex diplomático pensionado, me atrevo a ordenar y transmitirle la información que sobre la muerte de su yerno conseguí durante mi estadía en aquel país.

Estoy seguro de que alguna vez le comenté que luego de terminar mis estudios de historia en la Universidad de Columbia, mi primer empleo fue en el FBI. Pasé un par de años como asistente en la sección encargada de clasificar la información sobre las actividades de ciudadanos considerados sospechosos de profesar ideas comunistas. Yo era un joven sin experiencia, muy entusiasta, eso sí, y con una impecable formación académica, que de pronto aterrizó en la vida real, donde las conspiraciones, las intrigas y el espionaje eran el pan de todos los días, en ese periodo tan convulso durante la Gran Depresión. Nunca fui un investigador de calle, pero la pasión por desentrañar las verdades que circundan o provocan un hecho impregnó mi ánimo para el resto de mi vida. Sin embargo, pronto el destino me presentó la oportunidad de entrar al servicio exterior: mi dominio del español, gracias a ser hijo de un puertorriqueño hispano-hablante, y mi curiosidad por conocer la América Hispana propiciaron mi ingreso a la diplomacia. Le cuento esto para que comprenda que, desde que me enteré del asesinato de su yerno, supe que se trataba de un hecho extraño, torcido, y mientras realizaba la misión encomendada por mis antiguos jefes, nunca quité el ojo del caso.

Lo primero que me llamó la atención del asesinato de su yerno fue el *timing:* dos noches después de que el Congreso eligiera al candidato del partido de Gobierno como nuevo presidente de la República, luego de unas reñidas elecciones en las que ninguno de los dos contendientes obtuvo mayoría y en un ambiente de extrema agitación e incertidumbre. De inmediato supuse que el crimen podía responder a una provocación política. Pero al revisar la información sobre el caso, confirmé que su yerno no tenía participación política alguna. Un mes después, sin embargo, se produjo el golpe de Estado y entonces volvió a sonar la alarma en mi cabeza, dadas las relaciones que el señor Aragón tenía con los protagonistas de ambos bandos de esa asonada.

Usted comprenderá que yo no pueda entrar en detalles sobre la política interna de un país amigo, pero creo que hay aspectos insoslayables de ese golpe vinculados con su yerno. Aunque no estoy cien por ciento seguro, me parece que se trata del primer golpe de Estado en la historia protagonizado por militares que pertenecen a grupos de alcohólicos anónimos, es decir, que tanto los golpistas como los defensores del Gobierno pertenecían a sendos grupos de alcohólicos anónimos. Y lo que es peor: el golpe se tramó en el seno de un grupo para derrocar al otro. El señor Clemente Aragón, como representante de la dirección internacional del movimiento para combatir el alcoholismo, era el jefe de ambos grupos. Todo lo cual, por la vía del sentido común, nos llevaría a pensar que su yerno fue asesinado en el fragor de esa disputa.

Pero me atrevo a afirmar, mi estimado amigo, que muchas veces no es el sentido común el que nos permite comprender los actos de los hombres en la historia, porque éstos no se guían precisamente por el sentido común. Sólo aceptando «*the irrational in human history*» podemos aspirar al encuentro de la verdad, como dice el gran Gibbon, ese autor a quien siempre regreso desde mi época de estudiante.

Me entrevisté con los jefes militares que se mantuvieron firmes con el Gobierno, combatieron el golpe con decisión y garantizaron el retorno al orden constitucional. Dos de ellos, el director de la Guardia y el de la Policía, tenían en gran estima a su yerno, ya que era también su dirigente en los alcohólicos anónimos. Antes de la asonada golpista, ambos me reiteraron que el asesinato del señor Aragón era ajeno a la política; después de ella, insinuaron que probablemente los golpistas ordenaron el crimen porque su yerno se habría enterado de sus intenciones y temían que los delatara.

Pero también logré entrevistarme con algunos de los golpistas asilados en las embajadas; de la información que me proporcionaron y de la que obtuvo la embajada por nuestros propios canales pude concluir que ellos tenían en alta estima a su yerno y que el golpe fue tramado después del asesinato de éste, con un apresuramiento e improvisación que en buena medida explican su fracaso. Usted tiene experiencia en este tipo de eventos y sabe a lo que me refiero. Ningún partido político ni ningún servicio de inteligencia estaba enterado de la iniciativa golpista, algo insólito en estos tiempos, dado el ambiente de secta en que se movieron los conspiradores dentro de su grupo de alcohólicos anónimos. De ahí que el golpe nos tomara a todos por sorpresa.

Existe, por supuesto, la posibilidad de que los golpistas mientan, que nuestra información sea errada y que realmente el golpe comenzara a tramarse antes del asesinato del señor Aragón. Pero dos hechos debilitan esta posibilidad. Primero: los contactos iniciales para la conspiración se produjeron después del viernes 25, día en que el Congreso eligió al candidato del partido oficial como presidente de la República (todos los golpistas coinciden en que fue esta decisión legislativa la que los llevó a considerar la realización de un golpe), y a su yerno lo mataron el domingo 27, cuando apenas comenzaban los contactos y la asonada era una idea imprecisa. Segundo: ninguno de los golpistas tiene vocación para el crimen, pues de tenerla quizá hubieran triunfado; mantuvieron capturado durante quince horas al general Sánchez Hernández, presidente de la República, sin hacerle el menor daño, y temieron utilizar la artillería para destruir el cuartel de la Guardia por el costo en vidas que hubiera conllevado. Mucho menos, me digo con certeza, hubieran sido capaces de asesinar a un hombre al que admiraban, que era su amigo y su guía en los alcohólicos anónimos.

Entonces, mi estimado don Erasmo, si el asesinato de su yerno es ajeno a los acontecimientos políticos de ese momento, ¿quién y por qué lo mató? Puede que haya sido ese muchacho al que la Policía ha capturado y que habría perpetrado el asesinato por los supuestos enredos del señor Aragón con su empleada doméstica y madre del muchacho, según me han revelado mis fuentes policiales en la embajada. Pero me temo que esa captura sea producto de una investigación chapucera o malintencionada. Usted y yo sabemos la pobreza de recursos y la debilidad institucional que caracteriza a los cuerpos policiacos allende el Río Bravo. Y me cuesta visualizar a un hombre de cincuenta y pico de años abusando de su empleada doméstica de una edad incluso mayor.

No creo pecar de infidente al revelarle que en una de las tantas entrevistas que sostuve con los golpistas asilados en las embajadas, uno de ellos me comentó en secreto que el crimen del señor Aragón pudo obedecer a un lío de faldas, pero no con una empleada doméstica, sino con la esposa de un hombre poderoso. Mi confidente no quiso entrar en detalles y ya no hubo oportunidad de que habláramos de nuevo. Las urgencias del asilo se impusieron.

Quiero decirle que establecí una excelente relación de amistad con el nuevo agregado policial de la embajada, un joven emprendedor y brillante, a quien le pedí que me mantenga informado sobre el caso del señor Aragón. Por supuesto que, en cuanto tenga acceso a una nueva información, se la haré llegar con prontitud.

Martha me dice que les envía sus más gratos recuerdos.

Salúdeme por favor a doña Lena y usted reciba el cordial abrazo de su amigo,

Michael Fernández

San Salvador, sábado 14 de mayo de 1972

Papito adorado:

He considerado seriamente quedarme a vivir aquí en San Salvador, tal como le comenté por teléfono. Yo sé que usted no está de acuerdo con esa decisión; pero también sé que me comprenderá. Convivir con mi mamita en Tegucigalpa será imposible: arruinaré mi vida y la de los niños. Mi mamita me gritó en su última llamada que estoy postergando mi viaje por las intrigas de mi madrina Berta; mi mamita cree que todo el mundo se la pasa conspirando contra ella y siempre ha tratado a mi madrina como si fuera su enemiga y no su hermana. No quiero ni pensar en lo que dirá si se entera de que estoy considerando la posibilidad de quedarme. Sé que me insultará, me amenazará otra vez con desheredarme y quizá dejará de hablarme para siempre. Y supongo que usted enfrentará una situación muy fea y que ella tratará de obligarlo a que me presione por todos los medios.

Pero la gente que quiero me aconseja en ese sentido, me dice que lo piense muy bien antes de regresarme y que considere mis posibilidades de permanecer aquí. Incluso don Pericles, mi suegro, que es un señor tan serio, me ha dicho que comprende mi deseo de mantener la libertad que es derecho de toda mujer adulta.

Estoy consciente de que al principio me sería difícil conseguir un empleo que me permita sobrevivir con los dos niños. Pero le aseguro que prefiero pasar penurias antes de tener que vivir en medio de humillaciones gratuitas y de permanentes peleas con mi mamita. Y estoy haciendo cálculos si con el dinero de los seguros y de la pensión para los niños podemos irla pasando mientras consigo otros ingresos fijos. Le ruego, papito, que me comprenda. Yo sé que usted me apoyará en lo que sea mejor para mí y para los niños, porque siempre lo ha hecho.

La otra cosa que no le conté por teléfono es que don Pericles no se cree la versión de la Policía sobre el asesinato de Clemen; dice que Juancito no es el autor del crimen, que lo están utilizando de chivo expiatorio. La pobre Conchi ha venido en dos ocasiones; está desesperada. La confronté con la versión que me contó el coronel Aguirre. Me respondió que eso es una locura, que Clemen siempre la trató con el mayor de los respetos y que Juancito y todos sus hijos le tenían un gran cariño a mi marido. Y yo le creo; la conozco muy bien y sé que no me está mintiendo. He tratado de hablar con el coronel Aguirre para decirle eso, que están cometiendo una equivocación, que Clemen nunca maltrató a la Conchi, que Juancito es inocente, pero no lo he encontrado en su despacho. Me parece horrible que estén cometiendo semejante injusticia. La Conchi cree que algún enemigo de Juancito ha engañado a los investigadores.

Aún no tengo idea de cómo le haré llegar esta carta. Esperaré a que alguna amistad salga del país para que la ponga en el correo.

Con todo mi amor,

Teti

San Salvador, domingo 22 de mayo de 1972

Papito adorado:

Espero que usted no se lo tome a mal, pero mi decisión es irreversible: me quedaré a vivir en San Salvador y encontraré la forma de salir adelante con los niños. Me hubiera gustado poder decírselo de otra manera a mi mamita, irla convenciendo poco a poco, para que ella no explotara, pero me presionó de tal forma por teléfono, con tanto insulto, que no tuve otra alternativa. Ahora sé que ella me odia y que nunca me lo perdonará. Nadie le dice a su hija las cosas que ella me dijo sin sentir un enorme odio. Eso me puso muy triste. Pero por otro lado me siento segura de la decisión que he tomado y sé que usted no me dejará sola.

Le cuento mis planes. Ahora que ya sé conducir, con parte del dinero del seguro daré el enganche para la compra de una camioneta Toyota, en la cual llevaré y traeré del colegio a los niños de mis amigas y a otros más. Ya he hablado con varias mamás y ellas están de acuerdo: prefieren pagarme a mí que al servicio de buses del colegio, que es muy tardado y los obliga a levantarse muy temprano. Otra posibilidad que se me ha abierto es la venta de productos de belleza Avon entre mis amigas; la representante de estos productos me tiene mucho cariño y me asegura que puedo ganar una buena cantidad mensualmente.

También he solicitado una beca para los niños. Es usual que si los estudiantes pierden a su padre, el colegio les otorgue una beca. Hablé con el hermano Heliodoro, el director, y me dijo que lo diera casi por seguro. Con eso me quito un importante pago de encima.

He hecho números, papito, y me parece que puedo salir adelante con ese par de trabajos y la pensión del seguro. Para mí es un reto. Después de lo que ha sucedido no puedo volver a donde mi mamita con la cola entre las patas para que ella me siga humillando. Yo sé que usted comprende que no me estoy quedando para impedirles a ustedes la posibilidad de estar con los niños, sino para mantener mi independencia como mujer adulta y evitar sumirme en el infierno en que se convertiría nuestra vida en Tegucigalpa. Eri y Alfredito siempre podrán ir a pasar las vacaciones allá. Estoy segura de que encontraremos la forma, ya sea vía Guatemala o directamente ahora que la relación entre los dos países se está normalizando.

Lo que sí le quiero pedir, papito, es que me apoye para pagar la mensualidad de la hipoteca de la casa. Se lo agradeceré con toda mi alma; si no, me voy a ver muy apretada. Estoy segura de que mi mamita lo presionará para que no lo haga; me lo dijo claramente por teléfono, que impedirá que usted me envíe cualquier ayuda económica. Pero yo tengo una gran confianza en que usted no me abandonará y que encontraremos una manera para que me haga llegar el dinero.

Muchísimos besos,

Teti

San Salvador, lunes 6 de junio de 1972

Papito adorado:

Muchísimas gracias por el dinero que me envió con el doctor Moncada; con él mismo le haré llegar estas cartas. Con ese dinero pagaré dos meses de la hipoteca y así quedaré un tiempo tranquila. Las cosas me están saliendo poco a poco. Con Oscarito, quien sabe mucho de carros, he ido a ver ya varias camionetas para decidir cuál es la que me conviene. Y si todo sale como espero, a partir del 1 de julio comenzaré mi negocito de transporte de colegiales.

Estoy muy contenta también porque pusieron en libertad a Juancito. El juez dijo que las pruebas no eran suficientes. Ese muchacho no tiene nada que ver con el asesinato de Clemen, papito, estoy totalmente segura. La Conchi está que no cabe de la alegría. Las dos fuimos a esperarlo a la salida de la cárcel. Al pobre lo maltrataron mucho; está bastante desmejorado, pero hay que dar gracias a Dios de que ya está fuera.

Traté de hablar con el coronel Aguirre para agradecerle sus gestiones, pero parece que él no tuvo nada que ver en la liberación de Juancito; con el cambio de Gobierno lo sustituyeron en la dirección de la Policía y ha pasado a retiro. Blanca y él han salido del país en un viaje de descanso, según me dijo la empleada de su casa. Yo hablé una vez por teléfono con el coronel hace varios días y le insistí en que Juancito no podía ser culpable del asesinato de Clemen, le dije que alguno de los investigadores quizá le tenía ojeriza y por eso le achacaban el crimen, tal como Conchi me había explicado. Lo único feo de todo esto es que he quedado como al principio: sin tener la menor idea de quién pudo asesinar a Clemen. Quizá lo mejor sea pensar que realmente fue una confusión, que se equivocaron de persona y que nunca descubriré nada.

Papito, le agradezco una vez más todo su apoyo. Sin usted, quién sabe qué sería de mí. Lo amo con toda mi alma,

Teti

Tercera parte
El Peñón de las Águilas
(Tegucigalpa, diciembre de 1991-febrero de 1992)

Encontré a doña Lena tirada en el piso del corredor, inconsciente. Me asusté mucho; creí que estaba muerta. «¡Doña Lena, doña Lena!», le dije, sacudiéndola. No reaccionó, pero aún respiraba. Salí de la casa y corrí por el patio hasta llegar al borde del bosque. Llamé a los gritos a mi mujer y a mi hijo mayor. Les tomaría varios minutos subir la pendiente del bosque. Corrí de nuevo a la casa. Ella permanecía igual de inconsciente. Me metí a las habitaciones. Marqué el número del abogado Montoya: me respondió doña Wendy, su señora; él no estaba en casa. Le conté lo que había sucedido. Me dijo que llamara una ambulancia, aunque después me aconsejó que mejor la llevara de inmediato al hospital Viera, que en ese mismo instante ella buscaría al abogado y saldrían hacia allá. Me lancé a encender el auto, para que calentara. Cuando regresé al corredor, Fina y Teíto ya estaban ahí. La cargué en brazos y la coloqué en el asiento trasero –pesaba muy poco, como si fuera una niña. Le ordené a Teíto que se viniera conmigo, a Fina que permaneciera junto al teléfono y que tratara de comunicarse con doña Teti, la hija de doña Lena.

La encontré a las cinco de la tarde, la hora a la que yo siempre subía por última vez a la casa, para llevarle hojas de té de limón, para ayudarle a guardar los trastos, para cerrar puertas y ventanas. Ése había sido un día agitado: doña Lena cumplía setenta y ocho años. Muy temprano bajamos a la ciudad; luego vinieron a comer el abogado Montoya y doña Wendy, también el ingeniero Spadolini y su esposa. Doña Lena sufría de los nervios, se excitaba mucho cuando tenía que bajar a la ciudad o cuando recibía invitados. Yo la había visto por última vez a las dos de la tarde: la ayudé a limpiar la cocina. Ella dijo que estaba cansada, que tomaría una siesta. Yo estuve un rato en el jardín, deshiervando los gladiolos, y luego me fui a la finca, donde los muchachos cortaban café.

Por suerte el hospital Viera está en las afueras de la ciudad, donde la carretera empieza a subir a la montaña. Yo ya había llevado a doña Lena en varias ocasiones y ella me había advertido que si le sucedía algo buscara al doctor Carías. Así procedí. Las enfermeras la estaban poniendo en la camilla cuando llegaron el abogado Montoya y doña Wendy; minutos después apareció doña Isolina, la esposa del ingeniero Spadolini. Todos estaban muy sorprendidos porque la habían visto de excelente humor unas pocas horas antes y ahora estaba inconsciente. El abogado Montoya me dijo que él ya se había comunicado con doña Teti, que él la mantendría al tanto y yo me podía despreocupar de ello. Estuvimos como media hora en la sala de espera antes de que el doctor Carías saliera a decirnos que doña Lena había sufrido un derrame cerebral muy serio.

Era lo que suponíamos; ella había venido padeciendo de pequeños derrames en los últimos años. El doctor dijo que permanecería en observación en la sala de cuidados intensivos, la situación era delicada, no sabía si ella volvería en sí; urgía que doña Teti se hiciera presente.

Cuando regresé, Fina me dijo que había hablado con doña Teti, que ésta saldría de San Salvador a la madrugada siguiente y yo debía ir a esperarla a la terminal de autobuses al mediodía; también le pidió que no dejáramos la casa sola. Fina dijo que ella por nada del mundo pasaría una noche ahí, algo que no necesitaba repetirme. Bajamos a la cabaña para tomar la cena con los muchachos. Más tarde remonté de nuevo el bosque hasta la casa, dispuesto a pasar la noche en el sofá de la sala.

Fina le tenía fobia a la casa; aseguraba que había espantos, que una vez la habían asustado. Fue la noche siguiente a la muerte de don Erasmo, el esposo de doña Lena, unos ocho años atrás. Fina tuvo que quedarse en la casa todo el día y toda la noche, mientras yo acompañaba a doña Lena en el velorio. Dijo que a medianoche había sentido unos pasos como de enano que llegaron a su lado, que había escuchado una voz cavernosa que le había preguntado qué hacía en ese sofá, que permaneció paralizada de terror, sin abrir los ojos, durante varios minutos. La pobre casi se muere del susto. A la madrugada, cuando regresé de la funeraria, la encontré pálida, con todas las luces de la casa encendidas, encerrada en la cocina. Prometió que nunca más pasaría una noche en esa casa. Las mujeres son miedosas.

Me atreví a encender el televisor porque doña Lena ya me había autorizado. Cuando se quebró la pierna, pocos meses después de la muerte del abogado, mientras ella convalecía, yo tuve que dormir en el sofá dos semanas, todas las noches, porque fue difícil encontrar una enfermera que quisiera quedarse a dormir en la casa, en la montaña, lejos de la ciudad; peor con el carácter de doña Lena. «Podés ver un rato la televisión, Mateo», me decía entonces. Por suerte, en esa ocasión, doña Teti vino a quedarse dos meses, a acompañarla mientras se recuperaba, y yo pude regresar a dormir a la cabaña con Fina y los muchachos.

Ahora, después de ver la tele, estuve un largo rato sin poder dormirme, acostado en el sofá, pensando en muchas cosas. Era la tercera vez que yo encontraba a doña Lena tirada en el mismo sitio, luego de bajar los dos escalones que conducían al corredor de la cocina y el comedor, una coincidencia que yo no alcanzaba a explicarme, por qué precisamente en ese lugar le sucedían los percances.

La primera vez fue cuando murió el abogado, el 11 de junio de 1982; nunca lo olvidaré. Llegué, como todos los días, a las seis en punto de la mañana; abrí la puerta del corredor y ahí estaban ambos: don Erasmo, muerto, de bruces, con todo su peso derrumbado sobre las piernas de doña Lena; ella, sentada, consumida de tanto llorar, incapaz de ponerse de pie. «Se me murió, Mateo, se me murió», me decía mientras yo movía el cuerpo y la ayudaba a incorporarse. Después supe que cuando el abogado comenzó a sentirse muy mal, pasadas las cuatro de la mañana, bajó a la cocina, agitado, a tomar un vaso de agua; doña Lena lo siguió, preocupada. Pero ya no había nada que hacer: él sufrió pronto el ataque fulminante al corazón, ella quiso ayudarlo y ambos cayeron al piso, donde yo los encontré.

La segunda vez fue cuando la quebradura de la pierna. A media mañana, yo había subido a la casa para sacar unos trozos de leña del sótano. Entonces escuché los gritos de auxilio. Corrí hacia la puerta del corredor –la entrada al sótano estaba del otro lado de la casa– y la encontré tirada en el piso, retorciéndose de dolor, con la pierna quebrada, en el mismo sitio donde la había encontrado unos meses antes inmovilizada por el pesado cadáver de don Erasmo. Nunca reconoció que se hubiera tropezado, sino que aseguraba que el hueso se le había roto de pronto, por la osteoporosis, cuando ella ya había bajado los escalones.

Acostado en el sofá, me preguntaba qué relación tenía doña Lena con ese sitio para que ahí mismo sufriera el derrame cerebral.

Dormí mal. En algún momento de la noche me pareció oír el ruido del bastón de doña Lena golpeando la loseta del piso, como si ella hubiese andado caminando por la casa, como si yo no hubiese cerrado todas y cada una de las puertas de las habitaciones y del corredor, tal como ella hacía. Los ecos permanecen en las casas, aunque ya nadie las habite.

Antes de que amaneciera, salí de la casa, crucé el patio y bajé por la vereda del bosque de pinos, entre el zumbido del viento y la espesa niebla, rumbo a la cabaña, para tomar café y desayunar con Fina y los muchachos. Me preguntaron si sabía algo nuevo. Les dije que no, que a las ocho llamaría al hospital, tal como el doctor Carías me había indicado, para enterarme de cómo había pasado la noche doña Lena, si había recobrado la conciencia y tenía que bajarle su ropa y sus cosas personales. Cuando faltaban diez minutos para las seis, me dispuse a salir de la cabaña, como todos los días, para llevar tortillas calientes y estar a la hora en punto con doña Lena. Fina me dijo que me quedara, que no tenía nada que ir a hacer allá arriba. Los muchachos partieron hacia la finca a cortar café y yo retorné a la vereda para remontar el bosque hacia la casa, puntual, luego de ordenarle a Fina que subiera a las ocho, porque si yo tenía que ir al hospital ella tendría que quedarse atenta al teléfono.

Fina no le tenía tanto aprecio a doña Lena como yo. La comprendo: doña Lena era difícil, trataba mal a la gente cuando no hacían las cosas como ella quería y una vez que consideraba que alguien era tonto no había forma de que cambiara su opinión. A Fina le sucedió eso. Una sola semana pudo trabajar en la casa, ayudando a doña Lena con el aseo de los pisos en las mañanas. «¡Que sos bruta, muchacha, que no entendés!», le gritaba doña Lena, porque Fina era incapaz de dejar brillando la loseta del piso como la señora quería. Yo escuchaba los gritos desde el patio o desde el jardín. Fina salía llorando; en la noche, a mi lado, se quejaba, maldecía a doña Lena. Eso no era correcto. Entonces una mañana le dije a doña Lena que Fina ya no iba a llegar a trapear los pisos, que si necesitaba ayuda yo podía hacerlo. Eso fue poco antes de que el abogado muriera, cuando doña Lena ya se sentía débil, porque mientras estuvo entera casi nunca permitió que ninguna sirvienta entrara en su casa. A ella le gustaba hacerlo todo, desde cocinar hasta el aseo, pese a que la casa es tan grande; decía que las mujeres eran unas brutas y los hombres unos pícaros.

Entré a la casa a las seis en punto. Sentí muy raro no encontrar a doña Lena sentada en la cocina, frente a la mesa, sorbiendo su café, escuchando las noticias en el radio; siempre se había levantado a las cinco de la mañana, no importaba si sufría de gripe o de otro padecimiento; y en los últimos tiempos se quejaba de que ya casi no dormía, que se pasaba la noche recordando a don Erasmo, a sus padres, a Eri, su nieto mayor. Tomé la jerga y me puse a trapear, como si ella estuviese ahí, como si nada hubiese cambiado.

El día anterior ella había estado muy excitada, como siempre que bajaba a la ciudad, cuando menos una vez al mes: se sulfuraba por cualquier detalle, me apuraba a hacer mis tareas con rapidez mientras ella se arreglaba. Cuando la felicité, me recordó, al igual que todos los años, que ella no había nacido ese 27 de diciembre, sino el 28, día de los Santos Inocentes, pero que esa fecha le repugnaba para ce-

lebrar su cumpleaños. A las siete y media, la ayudé a aco-
modarse en el asiento trasero del auto. La rutina siempre
fue la misma desde que murió el abogado: bajábamos entre la niebla de la carretera hasta la ciudad, nos dirigíamos
a la casa de la familia Montoya, donde ella tomaba otro ca-
fecito y conversaba un rato con doña Wendy; luego la
conducía a las oficinas centrales del banco Atlántida, las
que están a un costado de Catedral. A las ocho y media en
punto doña Lena estaba tocando la puerta de cristal con el
bastón, sin importarle que no abrieran el banco sino hasta
las nueve; ya el licenciado Azucena estaba enterado de que
ella llegaría, gracias a que yo lo llamaba por teléfono el día
anterior, listo para dejarla entrar y atenderla en ese mismo
momento, no fuera a ser que les armara un escándalo,
como la ocasión en que comenzó a golpear furibunda con
el bastón la puerta de cristal y a gritarles: «¡Haraganes,
abran, que la gente honrada necesita trabajar!, ¿qué les
pasa, estúpidos?». Era así: insultaba y le tenían miedo. Decía que era una de las clientes más viejas del banco, que
merecía respeto. Por suerte no iba tan a menudo, sólo
cuando quería hacer inversiones o averiguar algo de sus
cuentas; si se trataba de cambiar cheques, yo me encargaba.

A las ocho llamé al hospital Viera, tal como el doctor
Carías me había indicado. Doña Lena no había recupera-
do la conciencia, seguía en la sala de cuidados intensivos
y no la moverían de ahí hasta que doña Teti se hiciera presente, me dijo el doctor. Fina entró mientras yo hablaba.
Le dije que regresara a la cabaña. Yo enfilé hacia el borde
del patio, donde me dedicaría a cosechar las ciruelas y los

marañones japoneses, a fin de que a su regreso doña Lena pudiera preparar sus mermeladas.

Llegué a trabajar con el abogado Mira Brossa y con doña Lena como ayudante de Abraham, mi padre, quien se encargaba del jardín y de la pequeña finca de café que está del otro lado de la cabaña, en los linderos de la lotificación. Veníamos diariamente del Reparto abajo, una colonia pobre encaramada en la falda de la montaña. Yo era el menor de mis hermanos y, luego de la muerte de mi madre, Abraham me sacó de la escuela y me convirtió en su ayudante. Con el paso de los años, mi padre se cansó de venir cada día a la montaña; el abogado le consiguió un empleo como intendente en las oficinas del Partido. Yo me quedé en su lugar. Pronto doña Lena me ofreció la cabaña ubicada al fondo del bosque, que ocupábamos como bodega para las herramientas. Ella me fue dando dinerito para que yo la acondicionara, para comprar cerdos, pollos y un par de terneras; detrás de la cabaña, en la pequeña planicie que llega hasta la quebrada, sembré hortalizas. Al principio me fui quedando a dormir unos días sí y otros no; luego me mudé del todo. Doña Lena llamaba al lugar «la granja» –ella aún estaba entera y podía bajar por la vereda del bosque a supervisar lo que yo había hecho–; para mí siempre fue la cabaña. Tiempo después, cuando me sentí muy solo, me traje a la Fina; y ella parió cada año, siempre niños, que se convirtieron en cinco muchachos.

En esa época yo subía diariamente a la casa con leche, huevos y las tortillas que echaba Fina; otras veces llevaba hortalizas recién cosechadas; para navidades siempre sacrificaba un lechón, que doña Lena había escogido y al cual alimentaba de la forma especial que ella me había indicado; también matábamos una chancha para que ella preparara la ollada de nacatamales. Nunca descuidé el jardín que doña Lena quería tanto y el cual recorría todas las tardes, atenta a cada uno de los rosales, de los geranios, de los gladiolos, de las orquídeas.

Yo me dedicaba, pues, a las labores del campo y Virgilio era el chofer, quien bajaba diariamente con el abogado a la ciudad y hacía la compra de lo que doña Lena necesitaba. Virgilio llegaba a las siete de la mañana, bebía un café, limpiaba el auto y lo encendía para que estuviera listo cuando el abogado saliera. Pasaban el día en la ciudad; don Erasmo almorzaba en distintos restaurantes. Regresaban puntualmente a las seis de la tarde, a menos que el abogado tuviera compromisos políticos. Virgilio nunca pernoctaba en la casa.

La situación cambió unos años antes de que el abogado muriera. Yo le había pedido a mi hermano José que me enseñara a conducir, por cualquier eventualidad; mi hermano llegaba con su camioncito los sábados por la tarde y recorríamos las carreteras de la montaña, después me llevó a la ciudad; tardé dos meses en aprender. Hubo un momento en que el abogado ya estaba muy viejo para la política y llegaban pocos clientes a su bufete. Decidieron que ya no podían sostener a Virgilio; éste, además, se peleaba todo el tiempo con doña Lena, quien lo menos que le decía era «zambo, zopenco y zamarro». Entonces me propusieron que también fuera su chofer y que los muchachos me ayudaran con las labores de la granja. Y así fue. Lo sentí como un ascenso.

A las doce y media estaba en Comayagüela, en la terminal de autobuses que llegaban de San Salvador, en espera de doña Teti. El bus llegó con veinte minutos de retraso. Me pidió que la condujera de inmediato al hospital Viera. En el trayecto, le repetí lo que ella ya sabía: cómo había encontrado a doña Lena tirada en el corredor, el traslado al hospital, lo que había dicho el doctor Carías. Doña Teti era igual de ansiosa que doña Lena, pero por suerte carecía de los ataques de rabia y de la facilidad para el insulto de su madre; a nosotros nos miraba con desconfianza.

Yo digo que doña Lena no quería a doña Teti, aunque fuera su única hija, por eso ésta vivía en El Salvador y sólo regresaba a Honduras cuando era inevitable, como en esta ocasión. En la sala de espera del hospital estaba doña Wendy, el ingeniero Spadolini y su esposa, y doña Berta, la hermana de doña Lena. Yo me quedé con ellos; el ingeniero me tenía aprecio, siempre me preguntaba por los muchachos. Doña Teti entró con el doctor Carías; a los pocos minutos salió llorando y dijo que trasladarían a su madre a una habitación, que su estado era estable, pero que según el doctor su recuperación total era improbable.

Me pidió que la condujera a la casa de su primo, don Eduardo, en la colonia Lomas del Guijarro; dijo que ahí se instalaría, mientras doña Lena estuviera internada, con el propósito de estar cerca del hospital, no perdida en la montaña. Doña Teti era como Fina: le tenía miedo a la casa. Una noche la habían asustado. Fue en una ocasión en que llevé a doña Lena a Olanchito, donde estaba vendiendo la casa heredada de don Erasmo. Pasamos tres días en aquel pueblo cerca de la costa Atlántica. En ese entonces, doña Teti había venido a Tegucigalpa, pero no quiso acompañarnos. Cuando regresamos, ya no la encontramos en la casa: se había bajado a donde don Eduardo. Dijo que la primera noche que estuvo a solas en la casa fue despertada por una especie de gnomo que la envolvió en las sábanas y la hizo girar en la cama de una manera horrible. Estaba realmente espantada. Doña Lena se interesó en el relato. Yo pensé que a doña Teti no le había hecho bien el vodka.

Después de dejar sus maletas y almorzar donde don Eduardo, doña Teti me pidió que la llevara a la casa de la montaña a recoger un poco de ropa y los implementos de aseo personal de doña Lena, por si ésta volvía en sí. Luego la bajé de nuevo al hospital. Le pedí dinero para gasolina, porque la aguja marcaba la reserva y doña Lena no tuvo oportunidad de dejarme nada. Ella me pidió que durmiera otra vez en la casa.

Mientras cenábamos, comenté con Fina la presencia de doña Berta en el hospital. Lo que son las cosas: doña Lena se refería siempre con desprecio a doña Berta, como si no hubiese sido su hermana, como si en vez de quererla le tuviera odio. A la menor oportunidad, la acusaba de traidora, de intrigante, de buscona. Don Erasmo era muy amigo y correligionario del esposo de doña Berta, el abogado Zuñiga, y también de ella. Una vez por semana, yo lo conducía en el auto a la casa de ellos, donde tomaba unos whiskies y almorzaba. Doña Berta era la madrina de doña Teti.

Subí la vereda del bosque bajo el chubasco; las baterías de mi lámpara de mano se acabaron a medio camino y no pude evitar algunas correntadas. Cuando entré a la casa, el teléfono timbraba. En lo que quité llave a las puertas y encendí las luces, la llamada se perdió. Supuse que era doña Teti y que pensaría que yo no me estaba quedando en la casa. Buscaba el número de don Eduardo en la libreta que doña Lena siempre tenía en la mesita junto al teléfono, cuando éste volvió a timbrar. Era Alfredito, el hijo menor de doña Teti. Me preguntó sobre su abuela, qué había sucedido, dónde estaba ella. Le conté que su abuela estaba en el hospital, que su mamá había llegado esa tarde y se estaba hospedando en casa de don Eduardo. Me explicó que él se había mudado de casa unos días atrás, que tampoco tenía línea telefónica y por eso no se había enterado de nada. Pero ni falta hacía que Alfredito se enterara: doña Lena le tenía rencor. Y él sólo la llamaba cuando estaba en un apuro y quería sacarle dinero.

Después pasé el trapeador por el piso del corredor y de la habitación de doña Lena, donde había huellas y mojazón, pese a que yo había dejado el capote a la entrada y me había limpiado apresuradamente las botas en el felpudo. Luego fui a la sala, encendí el televisor, me serví del café que llevaba en mi termo y me acomodé en el sofá. Entonces sonó de nuevo el teléfono. Era Alfredito. Me dijo que necesitaba ir a la casa a recoger unas cosas, que por favor le abriera, vendría en el auto de un amigo. Le respondí que en ese instante yo iba saliendo hacia la cabaña, que la casa quedaría cerrada y yo no tenía autorización de abrirle sus puertas a nadie. Trató de convencerme de que lo esperara:

dijo que su mamá le había pedido que viniera por las cosas. Le dije que sólo si doña Teti me lo ordenaba personalmente podía esperarlo.

Apagué las luces y el televisor, no fuera a ser que a Alfredito se le ocurriera subir. Doña Lena no me hubiera perdonado jamás si lo hubiera dejado entrar. Al menor descuido se llevaba lo que podía de la casa para malbaratarlo y luego comprar drogas. El colmo fue cuando murió el abogado: aprovechó un descuido, mientras todos estábamos en el velorio, para hacerse con el revólver 38 y con el reloj de pulsera de oro de don Erasmo. Alfredito siempre negó haber cometido el robo, pero nadie le creyó y doña Lena nunca lo perdonó –incluso ella dijo que se abstuvo de llamar a la policía sólo para no manchar la memoria del abogado.

Tendido en el sofá, con la casa apagada y bajo llave, me costó dormirme, atento a los autos que de vez en cuando subían por la carretera, dispuesto a impedir que Alfredito usara alguna artimaña para tratar de penetrar en la casa. Él había vivido con don Erasmo y doña Lena durante un año y medio, cuando su madre lo sacó de El Salvador para evitar que lo mataran, porque había guerrilla y los jóvenes corrían peligro. Pero no le gustaba estudiar y le faltaba el respeto a sus abuelos. Cuando Alfredito dijo que se iba a vivir a la ciudad, doña Teti tuvo que pagarle un hospedaje y doña Lena continuó dándole la mensualidad para el colegio. Nunca terminó la secundaria; se gastaba el dinero en marihuana. Por eso el abogado le pidió a uno de sus ex guardaespaldas que le siguiera los pasos y descubriera sus fechorías. Entonces decidió que había llegado la hora: un contingente de soldados lo capturó y se fue reclutado por la fuerza a la base militar de Gracias a Dios. «Si no se compone ahí, ya no se compondrá», dijo el abogado. Y no se compuso. A los seis meses aprovechó un permiso para desertar. A mis muchachos siempre les advertí que no se metieran con él ni le creyeran nada.

Doña Lena decía que Alfredito había heredado sus malas mañas de la familia Aragón, que no corría ni una gota de los Mira Brossa por sus venas. «Tiene la bellaquería de su padre», repetía cada vez que Alfredito la contrariaba. Y luego se ponía a hablar mal de don Clemente Aragón, el marido de doña Teti, un salvadoreño a quien nunca conocí porque lo mataron muchos años atrás en San Salvador. «Sólo a un pícaro y adúltero se le pudo ocurrir meterse con la mujer de un militar, ésas son unas cualquieras», decía cuando recordaba a don Clemente, quien supuestamente había sido asesinado por su relación con la esposa de un coronel. «Que Dios lo perdone por el mal que nos hizo», murmuraba.

Doña Lena no se refería a la muerte de don Clemente si estaban presentes doña Teti, Eri o Alfredito; pero a veces le resultaba imposible contenerse. Cuando el abogado subía muy de noche y con sus tragos, a la mañana siguiente, cuando él salía del baño para tomar el desayuno, sin importar quién estuviera presente, ella le espetaba: «Ahora entiendo por qué te caía tan bien el tal por cual ése: si tienen en común la debilidad por las rameras de los militares». Don Erasmo continuaba sorbiendo su café como si nada hubiese escuchado, envuelto en su bata de baño, ajeno a los ataques de ella, recién duchado y afeitado. Pero doña Lena enseguida comenzaba a insultar a los otros hijos del abogado y a la madre de éstos; después lo acusaba de «traidor» y de instigar a la traición a su propia hija, porque tiempo atrás había encontrado una carta en la que doña Teti le preguntaba con interés a su papá cómo estaban sus hermanos. «¡Marranos, traidores!», gritaba doña Lena, mientras le servía los huevos al abogado.

A la mañana siguiente, doña Teti me pidió que pasara a recogerla a casa de don Eduardo. Fuimos primero al bufete del abogado Montoya, quien llevaba los asuntos legales de doña Lena, para que éste le entregara un poder que permitiera a doña Teti disponer de una de las cuentas bancarias de su madre, a fin de pagar los gastos hospitalarios. Por suerte, doña Lena era muy previsora y había indicado al abogado Montoya los pasos a seguir en caso de que ella enfermara gravemente; también su testamento estaba listo. Ella me había asegurado que la cabaña y el terrenito de lo que llamaba «la granja» me los dejaría como herencia por los años que había trabajado para ella. Doña Teti y, por supuesto, el abogado Montoya estaban enterados de ello.

Más tarde, llevé a doña Teti al banco para que hiciera sus trámites; nada le comenté de la llamada de Alfredito.

Cuando llegamos al hospital, como a las diez de la mañana, supimos que unos minutos antes doña Lena había vuelto en sí: habló con la enfermera y luego volvió a quedarse dormida. Doña Teti se puso muy contenta; se comunicó de inmediato con el doctor Carías. Éste le dijo que aunque por momentos recuperara la conciencia, el cerebro de doña Lena había quedado irreversiblemente dañado y debíamos estar preparados ante ello.

Regresé a mediodía a la casa, limpié los pisos, tranqué las puertas y me dirigí a la cabaña. Un viento frío se colaba entre los pinos, pero el cielo estaba brillante. Les conté a Fina y a los muchachos que doña Lena ya no se recuperaría, que el doctor había dicho que podía pasar varios meses así: inconsciente la mayor parte del tiempo y sin reconocer dónde ni con quién estaba cuando abría los ojos y murmuraba. Fina me preguntó si había hablado con doña Teti sobre la decisión de doña Lena de heredarnos «la granja» en su testamento; Fina temía que doña Lena sólo lo hubiera hecho de palabra y que sus herederos no cumplieran la promesa de ella. Pero yo no podía más que confiar, porque doña Lena nunca me hubiera mostrado su testamento, que estaba en manos del abogado Montoya, y hasta que ella no muriera carecía de sentido andar haciendo preguntas. Le recordé que doña Lena me había repetido su promesa enfrente del propio abogado Montoya, para que no hubiera dudas de su voluntad.

Después de almorzar, fui a arreglar un cerco de piedra que había sido afectado por una correntada, abajo del Peñón de las Águilas. Recorrí el camino de la lotificación, cuarenta lotes de bosque de pinos, la mayoría de los cuales ya habían sido comprados por familias ricas que en algunos años construirían ahí sus casas de campo. En los últimos tiempos, la preocupación de doña Lena había sido que doña Teti supiera al detalle el estado de venta de cada lote: cuánto le habían pagado de prima, cuántas mensualidades debían, a partir de qué momento de atraso se le quitaba la parcela al deudor, cuál era el proceso para entregar la escritura y otro montón de detalles. Luego de la muerte del abogado, doña Lena había vivido en buena parte gracias a la venta de esos terrenos. Pero los pocos encuentros en que ésta intentó explicarle a su hija la situación de la propiedad siempre terminaron mal: doña Lena se sulfuraba muy pronto, incluso sin que doña Teti le hiciera pregunta alguna, y comenzaba a insultarla, a decirle que era una tarada, que no comprendía nada, que no se merecía ninguna herencia, que por bruta echaría a perder su patrimonio, como si en el fondo doña Lena no quisiera dejarle nada; a veces doña Teti lloraba.

Desde la altura del Peñón de las Águilas supe que el cerco no había sido afectado por una correntada, como me había dicho uno de los muchachos, sino por los ladrones de madera. Pero antes de bajar a constatar los daños, me quedé un rato en la cima del enorme peñón de roca maciza, ubicado en el filo de la montaña, desde donde podía contemplar el valle de Olancho. Ésa era la parte de la lotificación más apreciada por doña Lena, por la que más a menudo me preguntaba, el lote que le heredaría a Eri, su nieto favorito; ella lamentaba que por su estado de salud ya nunca podría visitar ese peñón, desde donde «la mirada se pierde en lontananza», como decía.

Desde la muerte del abogado, Eri apenas había visitado a doña Lena en dos ocasiones. Vivía en México; la llamaba por teléfono puntualmente el día de la Madre y el 27 de diciembre, para su cumpleaños. Doña Lena le enviaba dólares de vez en cuando; yo la llevaba a comprar el giro al banco Atlántida y a depositar la carta certificada en las oficinas del correo. Durante un tiempo, Eri anduvo metido en política, con los subversivos salvadoreños, por eso no pudo venir cuando la muerte del abogado: nadie supo dónde encontrarlo. Doña Lena culpaba a doña Teti de que Eri hubiera errado el camino, de que no viviera aquí en Honduras junto a ella. Doña Lena siempre se refería a Eri como «mi príncipe»; y cada año tenía la ilusión de que éste viniera a pasar la Navidad con ella. Era la persona a quien más quería, su heredero, decía.

Di un rodeo por la lotificación para constatar que los ladrones de madera no se hubieran metido también por otro sitio. Pensé en que desde la muerte del abogado sólo los muchachos y yo recorríamos esos caminos. Tiempo atrás, todos los domingos, después de desayunar, el abogado bajaba por la vereda del bosque, pasaba a la granja a saludarnos, luego daba una vuelta por la finca y enseguida recorría la lotificación. Lo mirábamos pasar con su sombrero panamá, acompañado por los tres perros, con una vara en la mano y su revólver 38 en la cintura; cuando Eri o Alfredito habían venido de visita, también lo acompañaban. Le llevaba toda la mañana inspeccionar la propiedad. Luego salía a la carretera principal por el lado de la cancha de fútbol y entraba a la pulpería de Lencho Puerto a beber un par de cervezas. Muchos pobladores se reunían en la tienda y celebraban estar un rato con el abogado; eran nacionalistas, como nosotros, y le tenían gran respeto a quien había sido el líder del Partido.

Ahora, una que otra tarde, algún propietario o comprador de un lote aparecía por la lotificación; se hacía acompañar de arquitectos y hablaba de sus planes de construcción.

Al anochecer subí de nuevo a la casa, dispuesto a pasar la noche en el sofá de la sala. Doña Teti llamó: me pidió que bajara a recogerla donde don Eduardo a las ocho de la mañana. Me dijo que el estado de doña Lena era estable, que estaba considerando trasladarla a la casa en los próximos días, pues era más barato pagar una enfermera permanentemente que los costos del hospital. Por suerte, esa noche no hubo otra llamada de Alfredito.

Al día siguiente, en el hospital, me permitieron entrar a la habitación de doña Lena. Ella estaba semidespierta. La saludé, le dije que era Mateo, le pregunté cómo se sentía. No me respondió de inmediato. Pero al rato me ordenó: «¡Decile a Mira Brossa que se apresure, que suba temprano, que no se vaya a quedar bebiendo whisky con esos rufianes!». Cuando estaba enojada, ella llamaba al abogado por su apellido, Mira Brossa, en vez de Erasmo.

Para el último día del año, doña Teti me autorizó tomar nacatamales y un pedazo de pierna del congelador; era parte de lo que doña Lena había preparado para celebrar la Navidad, su cumpleaños y la Nochevieja. Frente a la cabaña correteaba el lechón que yo hubiera debido sacrificar un día después del derrame cerebral de doña Lena: ella lo metía entero en el horno, con una manzana en la boca, como sale en las películas. Los muchachos, Fina y yo cenamos con cierta tristeza; sabíamos que ésa era la última vez que disfrutaríamos de la comida preparada por doña Lena para estas fiestas.

Después de cenar, los muchachos y Fina bajaron a la ciudad a celebrar con la familia; mi hermano José vino a recogerlos. Yo preferí permanecer en la cabaña, para que la propiedad no quedara a solas. Más tarde, tirado en la hamaca, sentí una gran lástima por doña Lena: la pobre había pasado los dos últimos fines de año sola, íngrima, con todo preparado como si doña Teti, Eri y Alfredito fueran a aparecer, aunque ella sabía que ninguno vendría. Yo llegaba a la casa como a las cinco de la tarde a recoger la comida que nos regalaba; ella decía que para la próxima Navidad su hija y sus nietos sí la visitarían, añoraba la compañía de don Erasmo y se preguntaba con nostalgia dónde estaría Eri. Yo le deseaba felicidades y le ayudaba a trancar las puertas.

Lo que en el momento a uno le parece malo, con el paso del tiempo se valora de otra manera. Eso le sucedió a doña Lena. Porque mientras el abogado estuvo vivo y yo trabajé para ellos, no hubo Navidad ni Nochevieja en que ella no se quejara de que don Erasmo llegara tarde y ya bebido. Él subía de la ciudad como a las ocho o nueve de la noche, mientras ella lo estaba esperando desde las seis, cada vez más enojada, cada vez más fuera de sí. Lo recibía con insultos hirientes; lo acusaba de haber pasado la tarde con la otra mujer y «esos hijos de perra». Él nada más le decía: «Dejá de fastidiarme, Lena». Y se iba de paso a su habitación. Nunca supe que cenaran juntos en Navidad o en Nochevieja, a menos que estuviera doña Teti o los nietos.

Pero luego de la muerte del abogado, doña Lena sentía nostalgia por su presencia durante esas fechas, lo añoraba con cariño, «aunque a veces se haya portado tan mal conmigo», decía. Se refería a don Erasmo con clemencia, suspirando, como si ya lo hubiese perdonado, a ese «hombre débil, víctima de sus bajas pasiones», tal como lo llamaba.

Pasaron cinco días antes de que el doctor Carías autorizara el traslado de doña Lena a la casa. La trajeron en una ambulancia, la acomodaron en su habitación, en una camilla especial. La enfermera que la acompañaba se llamaba Toña; era una mulata joven, que estaría durante el día. En la noche vendría otra, una vieja con experiencia, de nombre Amelia. Yo me encargaría de llevarlas y traerlas de la ciudad, para garantizar que no se ausentaran, me dijo doña Teti.

Doña Lena venía dormida; así iba a permanecer la mayor parte del tiempo. A veces, cuando despertaba, balbuceaba incoherencias; en pocas ocasiones reconocía a las personas que la acompañaban.

La primera vez que me habló, la mañana siguiente a su llegada, mientras yo le sacaba brillo al piso de su habitación, me sorprendió: «Mateíto, cortame las ciruelas para la mermelada, no se vayan a pasar», dijo, como si estuviera plenamente consciente. «No se preocupe, doña Lena, que ya están listas», le respondí antes de que ella volviera a caer en el sueño. Un día después, hacia el mediodía, me dijo: «Mateíto, sacá leña del sótano y prepará la chimenea, que mi Eri vendrá en cualquier momento». Y enseguida fui a sacar leña, ordené la pira en la chimenea de la habitación de Eri y dejé unas astillas de ocote, todo listo para que él la encendiera.

Doña Teti iba a la ciudad casi a diario; a mí me tocaba llevarla y sus amigas la traían de regreso. A doña Lena le desagradaban las amigas de doña Teti, decía que todas eran unas busconas, aunque pertenecieran a buenas familias, que sólo servían para la parranda y el desorden. En verdad a doña Lena le desagradaba casi todo lo que tuviera que ver con doña Teti. Yo doy gracias de no haber tenido hijas: Fina y los muchachos se llevan como Dios manda.

Varias veces acompañé a doña Teti al bufete del abogado Montoya. Resultaba que yo era el único que sabía al detalle la situación en que se encontraba cada uno de los lotes; no en balde doña Lena me encomendaba los cobros cuando algún cliente se atrasaba y no depositaba la mensualidad en el banco, también yo realizaba la entrega de recibos y el pago de impuestos. Algunos compradores le pagaban a doña Lena personalmente; eran viejas amistades o conocidos que aprovechaban para visitarla y dar una vuelta por el lote. Los de más confianza me ofrecían un dinerito para que les chapodara el montarrascal, para que les dejara su propiedad limpia, el puro pinar.

Donde el abogado Montoya me enteré de que querían traspasar a Eri y a doña Teti todos los bienes de doña Lena, con el propósito de evitar el pago del impuesto a la herencia. Pero no podían hacer este movimiento sin la presencia de Eri, quien debía autorizarlos como principal heredero; aunque el testamento decía que a él y a su madre les quedaban todos los bienes, también declaraba a Eri albacea de la propiedad, a fin de que doña Teti no pudiera hacer ningún movimiento sin el consentimiento de éste, según explicó el abogado Montoya. Me dijeron que el traspaso igualmente me beneficiaría, pues yo tampoco tendría que pagar impuesto a la herencia por «la granja», sino que harían un documento de compra-venta, sin que yo tuviera que desembolsar nada. Me guardaría de comentárselo a Fina, no fuera a ser que me enturbiara con su desconfianza.

Alfredito comenzó a rondar como el zopilote sobre la vaca muerta. Casi nunca visitaba a su abuela cuando ésta se encontraba bien, y si lo hacía era para tratar de sacarle dinero, algo que pronto le resultó imposible. Pero ahora, ante la muerte probable, comenzó a venir casi a diario, para «hacerle compañía», según él, pero con otras intenciones. Para mí se convirtió en un problema, porque no podía pasar todo el tiempo en la casa vigilando que él no se fuera a robar algo de valor; tampoco podía encomendar esa tarea a la enfermera. Por eso tuve que decírselo a doña Teti, con la mayor delicadeza, que doña Lena me había advertido que no dejara entrar a la casa a Alfredito si ella no se encontraba, que siempre me fijara si no se llevaba algo entre las ropas y que con toda la pena del mundo yo no me haría responsable si algún objeto de valor desaparecía.

Alfredito sabía que su abuela le heredaría un lote, el más refundido, al fondo del Peñón de las Águilas, donde no llegaba el camino, un lote que nadie hubiera comprado. Una tarde que estaba de visita, doña Teti me pidió que lo bajara en el carro a la ciudad: en el camino me dijo que él estaba seguro de que su abuela le heredaría otras cosas, que una vez que se conociera el testamento yo me enteraría; siempre andaba los ojos enrojecidos por la marihuana y fantaseaba con empleos y negocios que no existían. Al salir del carro, cerca del Parque Central, me pidió que le prestara diez lempiras.

Doña Lena se pasó la vida esperando, pensé una mañana mientras cortaba toronjas para que doña Teti se preparara su jugo. De nada le sirvió tener lo que tuvo, porque apenas lo disfrutó, por estar esperando a aquellos con quienes quería compartirlo y que nunca vinieron a vivir con ella. Yo digo que por eso le tenía tanto resentimiento a doña Teti, porque ni ella ni Erasmito dejaron El Salvador para instalarse en la casa que ella les había preparado con todas las comodidades. Se pasó la vida esperando la compañía de su hija y de su nieto; ahora esperaba la muerte, acompañada por una enfermera.

Toña, la enfermera de día, me hacía preguntas sobre la vida de doña Lena. Le conté que, en efecto, doña Lena había sido una mujer importante, periodista y poeta, abanderada de la causa nacionalista, pero hacía muchos años, incluso antes de que yo llegara a trabajar como jardinero, ella se había ido alejando de todos los círculos de amistades y se había encerrado en la casa de la montaña, dedicada a la propiedad, a esperar a su hija y a sus nietos. Le conté también que la propiedad se llamaba Quinta Pilar en recuerdo de la hermana gemela de doña Teti que había muerto unos días después de nacer, por el descuido de una enfermera, a quien la bebé se le deslizó de los brazos. Toña quedó impresionada con esa historia; al día siguiente me confesó que había soñado que ella era la enfermera a quien la recién nacida se le caía de los brazos. «Me desperté llorando», dijo.

No me costó descubrir que la visitas frecuentes de Alfredito se debían a la presencia de Toña, a sus ganas de conquistar a esa mulata a la que se le notaba el tremendo cuerpazo pese al uniforme holgado. Le conté a Toña la historia de Alfredito, su trayectoria de tiro al aire, las mentiras que se inventaba sobre sí mismo, su ilusión de que doña Lena le heredaría bienes cuando lo único que quedaría a su nombre era un terreno invendible. A mí me gustaba ir a platicar con Toña, pero en varias ocasiones, cuando estábamos en la habitación, no sé por qué motivo tuve la impresión de que doña Lena no permanecía inconsciente, como todo parecía indicar, sino que se daba cuenta de lo que nosotros hablábamos. Entonces me sentía incómodo y pronto me despedía. Una vez se lo comenté cuando la llevaba a su casa en la ciudad: que no me hubiera extrañado que doña Lena se estuviera enterando de todo lo que sucedía a su alrededor y que de un momento a otro se recuperara. Toña me dijo que eso no le parecía posible.

Las familias Montoya y Spadolini venían de visita los fines de semana. Entraban un momento a la habitación de doña Lena, apenas conversaban un rato con doña Teti y enseguida se marchaban. El ingeniero Spadolini prefería preguntarme a mí por el estado de doña Lena, por el cuidado de la propiedad, mientras recorría los jardines o bajaba al bosque; el abogado Montoya aprovechaba para hablar con doña Teti de los asuntos legales pendientes.

La que también comenzó a visitar la casa los fines de semana fue doña Berta, la hermana de doña Lena y madrina de doña Teti. Yo temía que en una de esas ocasiones doña Lena despertara, descubriera quién era su visitante y empezara a insultarla, a gritarle que se largara en el acto. Nunca, que yo recordara, doña Berta había puesto los pies en esa casa.

Con el paso de los días doña Teti se fue quedando más tiempo en compañía de su madre. Al principio, cuando yo iba a dejar a una enfermera y a recoger a la del siguiente turno, doña Teti me pedía que Fina llegara a la casa para estar con doña Lena; también durante los fines de semana, si una de las enfermeras no podía venir a la casa, era Fina o era yo quien se quedaba con doña Lena. Fina me lo comentó: parecía que para doña Teti cuidar a su madre era una molestia; a mí no me causaba extrañeza. Pero poco a poco esa situación fue cambiando, como si doña Teti hubiera perdido el rencor y quisiera reconciliarse con su madre. Varias veces, sin que ella se percatara, la escuché hablarle con ternura, aunque doña Lena estuviera inconsciente, recordando cosas de su infancia, anécdotas de su juventud que la emocionaban. Una vez incluso la encontré llorando: ella se sorprendió con mi llegada; secándose los ojos con un kleenex, me pidió que acompañara un momento a su madre mientras ella iba al baño.

La enfermera que se quedaba en la noche, Amelia, era una mujer mayor, arrugada, poco amigable, quien se quejaba con frecuencia del mal tiempo en la montaña. Enero era frío, la neblina caía a las cuatro de la tarde y no se levantaba hasta las nueve o diez de la mañana, por lo que ella llegaba y se iba tiritando, sin ver el cielo. Una vez le pregunté si a lo largo de su experiencia le habían tocado casos como el de doña Lena. Me respondió que muchos y que, «dadas las condiciones de la señora», ella no le daba más de tres meses de vida; también dijo, luego de persignarse, que entre más pronto muriera doña Lena sería mejor, pues evitaría el sufrimiento y el gasto de sus familiares, que ya no había recuperación posible y sólo vendría un empeoramiento.

Doña Teti esperaba con ansiedad que Eri arribara, pero éste trabajaba como periodista en México, no podía abandonar su empleo a discreción, sino que sólo pediría un permiso cuando doña Lena estuviera en la fase terminal, cuando se tratara de la despedida, de la muerte inminente. El abogado Montoya ya tenía preparados los documentos para que Eri los firmara. Doña Teti me confirmó que, cuando doña Lena muriera, ella pensaba vender la casa y toda la propiedad, que ella no se quedaría en Honduras sino que regresaría a El Salvador, pero que aún no se había puesto de acuerdo con Eri, y necesitaría la aprobación de éste para realizar cualquier transacción; me reiteró también que yo no debía preocuparme, que «la granja» pasaría a mi nombre.

Doña Lena no volvió a hablarme con la misma lucidez que lo hizo en las dos ocasiones mencionadas. Cuando recuperaba la conciencia, sólo balbuceaba incoherencias, lo mezclaba todo; a veces le reclamaba al abogado Mira Brossa, como si éste hubiera estado ahí; otras veces, aún sin abrir los ojos, comenzaba a llamar a Eri, le decía «mi príncipe», como siempre, y le daba indicaciones de lo que debía hacer para preservar la propiedad; en otras ocasiones, despotricaba contra doña Berta y doña Teti, acusándolas de haber conspirado para arruinarle la vida. Era extraño escucharla, porque repetía frases que yo me sabía de memoria de tanto oírlas a lo largo de los años, pero mezcladas, sin hilación. Incluso llegué a escuchar un balbuceo en el que le reclamaba a Fina que fuera tan tonta que no supiera cómo sacarle brillo a la loseta. Toña nada más la miraba y me alzaba las cejas.

El doctor Carías llegaba cada tercer día a revisar a doña Lena; decía que en cualquier momento ella podía sufrir un derrame generalizado, que entonces habría que llevarla al hospital, aunque difícilmente sobreviviría. Doña Teti daba gracias de que el doctor Carías fuera un profesional con consideración al prójimo, que no se inventaba operaciones cerebrales innecesarias para embolsarse el dinero de los pacientes. El gasto principal era el pago a las enfermeras, la compra de medicamentos y la renta de un aparato para medir sus signos vitales.

Doña Teti estaba preocupada porque a principios de año había que pagar el impuesto a la renta y al catastro. La cuenta bancaria de doña Lena, de la que ella disponía, sólo contaba con fondos para mantener los gastos de la casa, de las enfermeras y de las medicinas durante otros tres meses, pero no para el pago de los impuestos; necesitaba la firma de Eri para tener acceso a las otras cuentas bancarias.

Doña Teti también fue clara al decirme que yo debía ir considerando buscar un empleo u otra forma de ingreso, en caso de que doña Lena muriera, porque ella trataría de vender la propiedad lo antes posible y no podría pagarme un salario ni garantizar que los nuevos dueños de la propiedad estuvieran interesados en contratar mis servicios. Lo comenté con Fina y los muchachos; convenimos en que por lo pronto lo mejor era esperar.

De vez en cuando yo entraba a la habitación de doña Lena y le comentaba cómo iban las cosas en «la granja»: le decía que el lechón que no habíamos sacrificado para la Nochevieja engordaba con rapidez, que el ternero también crecía y la vaca nos daba más leche, que muchos ciruelos se habían echado a perder por el frío, que la cosecha de naranja agria tampoco había sido la mejor, que por suerte habíamos logrado terminar la corta del café a tiempo y que las hortalizas mal que bien se mantenían. Mientras yo hablaba, Toña me miraba con simpatía, con una especie de ternura, segura de que doña Lena no se enteraba, porque dormía en la más profunda inconsciencia; pero yo sentía de otra manera, me parecía que en el fondo ella sí me escuchaba, aunque no pudiera responderme.

Al final de la tarde, yo estaba pasando la cortadora de césped por la parte del patio que bordeaba el bosque, cuando doña Teti me llamó con urgencia. Corrí hacia la casa. Ella me preguntó quién era Julián Canahuati. Momentos antes, doña Lena había despertado gritando con un ataque de rabia que el tal por cual de Julián Canahuati tenía que pagarle lo que debía, que ese pícaro no se iba a salir con la suya, que no se iba a burlar de ella; luego cayó de nuevo en la inconsciencia. Doña Teti me dijo que había revisado en los archivos y nadie con ese nombre había comprado jamás un lote. Le expliqué que hubo un tiempo en que doña Lena había prestado dinero a intereses, que la mayoría de los deudores le había pagado, con la excepción de Julián Canahuati, un hábil estafador que ni siquiera el abogado Mira Brossa pudo meter tras las rejas.

Más tarde, cuando llevaba a Toña hacia la ciudad, el carro sufrió una ponchadura. Mientras yo cambiaba la llanta, ella me preguntó por el Peñón de las Águilas, que doña Lena había balbuceado un par de veces ese nombre, me dijo. Le expliqué de lo que se trataba; le dije que un día podía llevarla para que lo conociera. Ella se soltó el moño, agitó su cabellera y luego volvió a agarrársela con una cinta. Me dijo que gracias, que le daban miedo las culebras, y que en las rocas y peñones siempre había culebras.

Fue en la tarde del 2 de febrero cuando Toña advirtió que doña Lena había entrado en un estado de coma profundo. Llamaron de inmediato al doctor Carías; éste dispuso ingresarla al hospital. Doña Teti siempre sostuvo que había que hacer hasta el último esfuerzo para salvarle la vida, a sabiendas de que el proceso era irreversible. Toña me susurró que hubiera sido más barato permitirle que muriera en su casa. La ambulancia llegó una hora más tarde: metieron a doña Lena con todo y camilla; Toña se fue junto a ella. Doña Teti estaba muy afectada, con los nervios desbordados, como si la muerte de su madre fuera inminente. Telefoneó a Eri a México para contarle la situación; éste dijo que trataría de llegar en el vuelo del día siguiente. Luego llamó a varias de sus amistades, a las que también les contó que doña Lena iba rumbo al hospital y que de un momento a otro fallecería. Doña Teti era así: cuando se excitaba de los nervios comenzaba a telefonear a todo mundo. Después preparó una pequeña maleta con su ropa y me pidió que la condujera al hospital; dijo que dormiría en la habitación junto a su madre, que no la quería dejar sola en esos últimos momentos; de nuevo me pidió que pasara la noche en la casa por si alguien llamaba por teléfono.

Eri llegó en el vuelo de las cinco de la tarde. Doña Teti y yo fuimos a recogerlo al aeropuerto de Toncontín. Salió de la aduana bastante agitado, quejándose de que el aeropuerto pareciera un establo. Traía unos whiskies adentro; se le notaba en la mirada. Doña Teti le hablaba como si hubiese sido un niño: «mi nene, mi Ericito», le decía. Eri la trataba con cierta distancia, casi con desprecio. Conmigo siempre fue afectuoso: me preguntó sobre la propiedad, sobre los muchachos, sobre el clima en la montaña. Dijo que él conduciría; doña Teti se sentó a su lado, yo me fui en el asiento trasero. En el trayecto, Eri preguntó por Alfredito; doña Teti le contó que éste aún no encontraba empleo. «Ése es un bueno para nada, carne de presidio», dijo, con la misma entonación con que hablaba doña Lena. «Niño, no digás eso de tu hermano», le recriminó doña Teti. En el estacionamiento del hospital, antes de salir del carro, Eri extrajo del bolsillo interno de su chaqueta una petaca con whisky, de la que bebió un largo trago; doña Teti lo vio de reojo, con reprobación, pero no dijo nada.

En el pasillo, frente a la habitación de doña Lena, había barullo: Alfredito, doña Berta, las señoras Montoya y Spadolini, otras amigas de doña Teti, entraban y salían de la habitación de la enferma. Eri saludó con un buenas tardes general, sonriente pero frío, sin darle beso a ninguna de las señoras; luego entró donde su abuela, pidió a los que estaban adentro que salieran y cerró la puerta. Yo me quedé sentado junto a Alfredito. «Aquél viene con sus tragos», me dijo.

Una media hora más tarde, Eri, Alfredito y yo subimos a la casa. Yo conduje el carro. «Éste viene a gorronearme el whisky», me dijo Eri, refiriéndose a Alfredito, quien lo escuchaba desde el asiento trasero. Habían pasado tres años desde la última vez que Eri vino a Tegucigalpa, pero no se le notaba mayor emoción por reencontrarse con su madre y con su hermano. Atravesamos una neblina cerrada, difícil de romper incluso con las luces halógenas. Yo avanzaba a baja velocidad. Eri pareció relajarse con la densa blancura de la niebla y el olor húmedo de los pinares. Me pidió que me fuera de paso hasta la tienda de Lencho Puerto, un par de kilómetros adelante, para comprar aguas minerales. Yo iba tranquilo, porque en la noche podría dormir en mi cama, en la cabaña, junto a Fina, desentendido del teléfono y de lo que pudiera tramar Alfredito; Eri le tenía tanta desconfianza como doña Lena.

Le entregué las llaves del carro a Eri. Él era el único a quien doña Lena le permitía conducirlo, aparte de mí, por supuesto: ni a doña Teti, mucho menos a Alfredito, se lo prestaba. Una tarde, varios años atrás, yo había llevado a doña Teti a visitar a unas amistades a la ciudad; ella se fue atrasando, bebiendo copas, y cuando regresamos a la casa ya eran las siete y media de la noche. Doña Lena esperaba en la puerta, enfurecida, apoyada en su bastón; no había terminado de salir del carro doña Teti cuando comenzaron los insultos: «¡Ésta no es una casa de putas para que te atrevás a venir tan tarde, mucho menos en mi carro!», le gritó doña Lena, agitando el bastón. Luego le dijo cosas muy crueles, porque doña Teti rompió en llanto, pese a ser una mujer de más de cincuenta años. Yo también me llevé mi parte de reproche, por no haberla dejado tirada, como según doña Lena debí haber hecho. En ese instante, Eri venía por el corredor: vio la escena como con repugnancia y enseguida le dijo a doña Lena que iba a utilizar el carro en la noche porque tenía una reunión con unos amigos en la ciudad. Doña Lena se transformó por completo: le respondió con dulzura que por supuesto, lo llamó «mi príncipe», como siempre hacía, y me ordenó que le entregara las llaves. Llorosa, doña Teti se fue de paso hacia su habitación.

El día que Eri desapareció, a mediados de 1980, yo lo conduje al aeropuerto. Tenía dos meses de estar en Honduras; había huido de El Salvador por la matazón política. Cada mañana bajaba a la ciudad junto al abogado y luego partía hacia la universidad; a veces, al final de la tarde, regresaba a la casa con nosotros. Aquella mañana iba supuestamente a un congreso de alumnos de periodismo en Panamá; dejamos al abogado en su bufete y enseguida lo llevé al aeropuerto. Me dijo que se quedaría en la entrada, que no me bajara para cargar su maleta, iba con el tiempo justo para subir al avión. Al día siguiente, el abogado recibió una carta, que Eri había depositado en el buzón del aeropuerto, en la que les comunicaba su decisión de ausentarse por tiempo indefinido y por razones de fuerza mayor, sin dar más explicaciones. Todos supusimos que se había incorporado a la guerrilla en El Salvador.

Doña Lena se puso muy mal con la desaparición de Eri; nunca la vi tan descompuesta hasta que el abogado murió. Primero clamó a los cielos, acusó a los comunistas de haber secuestrado a su nieto; luego culpó a doña Teti y a los salvadoreños de haber trastornado a su príncipe; después, al paso de las semanas, una enorme tristeza la fue marchitando. Cada mañana, mientras le servía el desayuno al abogado, se preguntaba, con los ojos acuosos, dónde estaría Eri, si no le habría sucedido nada, si no estaría pasando penurias, cuándo daría señales de vida.

El abogado movió todos sus contactos para dar con el paradero de Eri; pero no tuvo resultados. Éste había subido en un vuelo que hacía escala en Managua y ahí se perdía su rastro. Reapareció un año más tarde, en México, cuando don Erasmo ya había fallecido. Doña Lena celebró que Eri reapareciera sano y salvo, y dijo que ella siempre había sabido que su príncipe lograría escapar del embrujo de los comunistas salvadoreños.

Nunca doña Lena estuvo tan cerca de doña Teti como en esa época en que Eri anduvo desaparecido, o clandestino, como decían los contactos del abogado en el ejército. Al menos dos veces por semana doña Lena llamaba por teléfono a San Salvador para preguntarle a doña Teti si había noticias de Eri: se consolaban mutuamente, compartían su pena, parecía como si hubiesen olvidado sus rencores.

Aunque a esa altura doña Lena no tenía ya ninguna esperanza de que doña Teti se viniera a establecer a Honduras. «Si no se vino cuando mataron a Clemente, ya nunca regresará a vivir a su país», afirmaba con resignación. Me advertía que los hijos rebeldes y tercos acaban con las familias. Y cada vez que en las noticias informaban sobre un gran ataque de la guerrilla en San Salvador, doña Lena se apresuraba a telefonear a doña Teti. «Sólo a mi pobre hija, tan atarantada, se le pudo ocurrir comprar su casa junto a un cuartel», murmuraba con una mueca. Luego decía que habíamos hecho bien al expulsar a los salvadoreños de Honduras, aunque después nos atacaran con una guerra alevosa: «Esa gente es maligna, y como ahora ya no tienen a quien agredir, han decidido matarse entre sí».

Ya había caído la noche cuando subí a la casa para sacar más leña del sótano, porque a Eri le gustaba mantener la chimenea encendida hasta la madrugada. Alfredito estaba sentado en un escalón de las escaleras de cemento que bajaban de la puerta del estudio hacia el patio: fumaba un cigarrillo y bebía whisky, abstraído, con la mirada perdida en la oscuridad y la niebla, como si recién hubiese consumido marihuana; Eri estaba dentro, acostado en la hamaca del estudio, escuchando los discos de música clásica de doña Lena, con un habano en la boca y un vaso de whisky en la mano. Eri fumaba habanos como don Erasmo, de éste lo había aprendido; desde que lo conocí, a diario, después del almuerzo, pasara lo que pasara, el abogado fumaba su habano. Eri me agradeció la nueva carga de leña; la chimenea de su habitación ya estaba encendida. Tuve la impresión de que Alfredito estaba desconsolado, como hundido: seguramente Eri le había confirmado que para él no habría ni un centavo en efectivo, que su sola herencia era el terreno perdido barranco abajo del Peñón de las Águilas.

A la mañana, Eri estaba en la parte del patio colindante con su habitación y la cochera, con una taza de café en las manos. Me dijo que ahí, entre el guayabo y los cerezos, le hubiera gustado construir unos dos chalets modernos, para alquilarlos, de tal manera que sirvieran para mantener la propiedad luego de que ya no hubiera ingreso por la venta de los lotes. Pero era una ilusión, me aclaró: ni él ni doña Teti se quedarían a vivir en Honduras ni conservarían la propiedad. Caminamos hacia el lado postrero de la casa, donde estaba «La Carmelita», como llamaba doña Lena a la vieja camioneta Mercury, el primer carro que había comprado en su vida, muchísimos años atrás, del cual nunca se había querido deshacer; lo conservaba como recuerdo, decía, aunque estaba embancado, sin llantas, descascarado, corroído por el tiempo y la lluvia, nido de lagartijas y otras zabandijas; los muchachos, cuando niños, habían jugado al conductor en esa carcacha, pero cuando doña Lena los descubría, enfurecida les gritaba: «¡Partida de bandidos, sálganse de mi Carmelita!».

Eri me pidió que bajara al hospital con ellos, por si doña Teti necesitaba hacer mandados en el carro. Cuando me senté frente al volante, luego de cerrar el portón de la casa, Eri me preguntó, con su modo bromista, si no íbamos a registrar a Alfredito, quien venía en el asiento trasero. Éste sólo sonrió. Pero en otro tiempo, cuando el abogado estaba vivo, no hubiera sonreído, porque entonces en varias ocasiones me tocó registrarlo para comprobar que no se estaba robando nada de la casa. Una vez, el abogado contrató a un detective de la policía, correligionario y de confianza, para que vigilara a Alfredito por su involucramiento con las drogas. Semanas después, Alfredito cayó preso. Doña Lena sólo decía: «Ese muchacho es drogadicto y cleptómano; mejor que esté preso antes de que nos cause un daño mayor».

La noticia en el hospital era que doña Lena había vuelto en sí, por unos minutos al menos. Pero el doctor Carías le advirtió a doña Teti que no se hiciera ilusiones, que se podía tratar, Dios no lo quisiera, de la mejoría previa a la muerte. Yo aproveché un momento en que no había visitantes para entrar a solas a la habitación a despedirme de doña Lena. Me acerqué a la cama, me quité el sombrero y le dije: «Doña Lena, soy Mateo, vengo a despedirme. Le quiero agradecer por todo. Que Dios la reciba en su gloria». Entonces murmuró algo, ininteligible. Sorprendido, acerqué mi oreja a su boca. Logré distinguir que mascullaba: «Mateíto, quemá todos los papeles que están debajo de la vieja máquina de escribir». Le dije que no se preocupara, que yo cumpliría sus órdenes; pero no sé si me oyó, porque se quedó otra vez profundamente dormida. Salí al pasillo sin hacer ningún comentario.

Después del mediodía, Eri y doña Teti visitaron el bufete del abogado Montoya. Eri tenía que firmar documentos para que la transacción quedara cerrada antes de la muerte de doña Lena. Yo los esperé en el carro. Madre e hijo se repartirían mitad y mitad el dinero de las cuentas y lo que consiguieran por la venta de la casa y del bosque; los ingresos que aún quedaban de la venta de los lotes serían para doña Teti. Eri también firmó el documento de compra-venta para darme «la granja», según me dijeron.

El ambiente que se respiraba hacia el final de la tarde era como si doña Lena fuese a morir de un momento a otro. El doctor Carías había advertido que sus signos vitales habían caído muy bajo, que lo más conveniente era estar preparados para lo peor. Doña Teti no se despegaba de la cama de su madre. Los visitantes que estaban en el pasillo entraron a la habitación a despedirse de doña Lena, incluso doña Berta. Alfredito comentó que no le hubiera sorprendido que doña Lena volviera en sí sólo para insultar a su hermana. El único momento en que doña Teti se separó de la cama fue cuando Eri entró a decir adiós a su abuela: éste ordenó que lo dejaran solo, cerró la puerta y permaneció dentro un buen rato. Alfredito se quedó sentado en el pasillo hasta que doña Teti se acercó y le dijo, como escupiendo, entre dientes: «Niño, andá despedite de tu abuela, que en cualquier momento se nos va». Y ella entró con él. De regreso en el pasillo, Alfredito me comentó al oído: «No jodás. Me dio miedo que despertara sólo para acusarme de que yo le había robado algo que se le hubiera perdido». Y un poco de razón había en su miedo, pues en una ocasión doña Lena lo acusó de haberle robado quinientos dólares; tres meses más tarde, arreglando la habitación de Eri, ella encontró ese dinero debajo de una alfombra, donde ella misma lo había escondido, sin que hasta entonces lo recordara.

Eri y yo subimos a la casa a la medianoche; doña Teti insistió en que fuéramos a descansar un rato; ella se quedó en la habitación del hospital con doña Lena. Aproveché el momento en que Eri entró al baño para colarme en el estudio: tomé las carpetas que estaban arrumbadas bajo la vieja máquina de escribir y las llevé al sótano, donde sólo yo podría encontrarlas; luego regresé con leña para la chimenea de Eri.

Doña Lena murió a las 7:25 de la mañana, mientras Eri y yo bajamos por la carretera hacia el hospital. Sólo doña Teti estuvo junto a ella; no hubo ninguna señal, nada más dejó de respirar. Entramos a la habitación: doña Teti lloraba, desconsolada; a Eri se le humedecieron los ojos. Yo la encomendé al Señor. Pronto arribaron los amigos cercanos. Ya todo estaba arreglado con la funeraria.

Doña Teti subió a la casa con su primo, don Eduardo, a recoger la ropa con la que arreglarían a doña Lena; y enseguida partieron hacia la funeraria. Eri y yo también regresamos a la casa. Fui donde Fina y los muchachos a contarles lo que había sucedido. Dispusimos que Mateíto se quedara en la casa, junto al teléfono, recibiendo las llamadas, diciéndole a la gente el nombre y la dirección de la funeraria donde sería el velorio. Me puse el pantalón negro y la camisa blanca.

Eri estaba en la cocina, sentado en la silla donde siempre se había sentado doña Lena, con su traje negro y su camisa blanca, bebiendo un vaso de whisky. Me ofreció un trago; le dije que gracias, que para mí era muy temprano. Llamé a casa de mi familia, para que mi padre y mi hermano estuvieran enterados y se coordinaran con Fina y los muchachos. Eri me pidió que antes de ir a la funeraria, lo condujera al almacén del turco Bukele a comprar una corbata. Luego salió al patio, sin soltar el vaso de whisky, caminó los cuarenta metros hasta el cerco que separaba la propiedad de la de los Leoni; después recorrió los jardines y se dirigió hacia el borde del patio, que también era el borde de la montaña, donde comenzaba la pendiente del bosque. Permaneció ahí, apoyado en un ciprés, entre las ráfagas de viento y la niebla que alzaba vuelo, con la mirada perdida en los valles lejanos. Yo aproveché para pasar el trapeador rápidamente por el corredor y la cocina.

Eri compró una corbata negra, estampada, muy cara. El turco Bukele le dio el pésame, hizo un elogio de doña Lena y dijo que más tarde se verían en la funeraria. Doña Lena quería mucho al turco Bukele y a su señora, doña Lorena, pero más que todo a la hija de ambos, Lorenita, a quien siempre llamaba «princesa». A doña Lena le hubiera gustado que Eri hiciera pareja con Lorenita, si Eri hubiera vivido en Honduras. Don Erasmo se mandaba hacer sus trajes donde el turco Bukele; doña Lena también compraba ahí las telas para sus vestidos y los regalitos que de vez en cuando hacía. El almacén del turco Bukele estaba frente al Telégrafo, en los bajos del edificio Barjún, donde don Erasmo tuvo su bufete durante muchos años.

Al velorio de doña Lena llegó poca gente en comparación con el de don Erasmo. El salón de la funeraria nunca estuvo realmente lleno, y por momentos sólo permanecían los familiares y uno que otro amigo; hacia la medianoche hubo incluso menos gente. Cuando la muerte del abogado Mira Brossa, los correligionarios no cabían en el gran salón: la plana mayor del Partido Nacional hizo la guardia de honor, altos funcionarios del Gobierno y de las Fuerzas Armadas estuvieron presentes, no terminaba la fila de gente desfilando frente al féretro y los arreglos florales tampoco cupieron en la capilla; doña Lena se la pasó todo el tiempo sentada junto al ataúd, sin abandonar su sitio, vigilante, para evitar que «las putas y los bastardos» del abogado, como ella les llamaba, se atrevieran a acercarse. Nueve años después, parecía que nadie se acordaba de doña Lena. La verdad es que ella vivía aislada en la casa de la montaña; su mal carácter y su facilidad para el insulto espantaron también a mucha gente que antes la quería.

Yo me pasé el día de arriba para abajo, haciendo mandados que me ordenaba doña Teti. Fina y los muchachos se turnaron para venir a la funeraria. Hice varios viajes a la casa. Doña Teti estuvo casi todo el tiempo acompañada por don Eduardo y doña Berta. Eri sólo tenía un par de amigos en Tegucigalpa, periodistas como él, quienes estuvieron a su lado hasta después de la medianoche. Yo me la pasé un par de horas platicando con José Francisco, el último ordenanza que trabajó para don Erasmo en su bufete. Doña Lena detestaba a José Fancisco, decía que ese zamarro se la pasaba hablando por teléfono en los momentos en que el abogado salía del bufete y por eso llegaban las grandes cuentas, que en la noche metía mujeres a escondidas de don Erasmo. Cuando el abogado murió, doña Lena acusó a José Francisco de haber sustraído varios tomos de enciclopedias y manuales jurídicos, de haberse robado objetos personales del abogado; incluso estuvo a punto de demandarlo ante la policía. Alguna razón tenía ella, porque desde su llegada al bufete José Francisco hizo migas con Alfredito y se la pasaban fumando marihuana.

En la madrugada, cuando ya sólo quedábamos una media docena de personas, tuve la impresión de que Eri se aflojaba, que en cualquier momento se quedaría dormido en la silla, pese a que no había dejado de beber whisky de su petaca. Le pregunté si quería que lo subiera a la casa, para que durmiera un par de horas, a fin de que estuviera fresco a las diez de la mañana, cuando sería el entierro. Me dijo que gracias, que pasaría la noche en la funeraria, que en todo caso subiría a darse una ducha a la hora del desayuno, pero que, si yo me quería ir a descansar, que me fuera. Le dije que yo estaría con ellos todo el tiempo. Alfredito iba y venía, a veces con mechudos de mala calaña, hasta que como a las cuatro de la madrugada ya no se dejó ver.

Subimos antes de las siete de la mañana, para que Eri descansara, desayunara algo, tomara una ducha y se cambiara de ropa para el entierro. Cuando llegamos a la casa me preguntó, con cierto brillo en los ojos, pese al cansancio, si yo sabía algo de unas supuestas sesenta y cuatro caballerías de terreno que su abuela habría tenido en Olancho; me dijo que el licenciado Larios, quien se decía medio primo de doña Lena, pero a quien ésta despreciaba, le había revelado el asunto en el velorio y le había prometido investigar en el registro de la propiedad y el catastro. «Te imaginás, cada caballería tiene sesenta y cuatro manzanas; serían más de mil manzanas», exclamó. Le dije que alguna vez le escuché a doña Lena comentar que los terrenos de su familia se habían perdido por las interminables disputas entre los herederos y que la reforma agraria les había pegado el tiro de gracia; también le conté que el abogado Mira Brossa, cuando fue director del Instituto Nacional Agrario, veinte años atrás, había tenido que repartir las últimas caballerías entre las cooperativas campesinas, algo que doña Lena nunca le perdonó y por lo que lo acusaba de haber sido un «tonto útil» de los curas comunistas. «Hubiera sido lindo», dijo Eri, bostezando; pensé que el tal licenciado Larios era un pícaro que andaba viendo qué pescaba, como hubiera dicho doña Lena. Bajé a la cabaña a descansar un rato.

Siete carros seguimos a la carroza fúnebre hacia el cementerio. La propia doña Lena se había esmerado en que el mausoleo de la familia estuviera listo, limpio, como esperándola. La última vez que me había enviado a hacer un arreglo, tres meses atrás, me ordenó que levantara un pequeño muro o tabique, con el propósito de separar el mausoleo de las tumbas vecinas; también me pidió que limpiara la inscripción en la parte alta de la cúpula que decía FAMILIA MIRA BROSSA. Doña Lena se quejaba de que la gente era cochina, que tiraba bolsas plásticas, envoltorios y otras basuras que terminaban pegoteadas en su mausoleo. Ahí estaban enterrados los dos hermanos (Francisco y Esteban) a quienes doña Lena quería, su madre, don Erasmo y Pilarcita, la bebé gemela de doña Teti. Doña Lena tenía perfectamente preparado su nicho y había lugares también para doña Teti, Eri y Alfredito, aunque aún no tenían los nombres inscritos. Una vez cada tres meses, yo llevaba a doña Lena de visita al mausoleo, también cuando era el aniversario de alguno de sus muertos; siempre terminaba peleándose con el encargado que estaba en la caseta de entrada del cementerio, a quien achacaba el mal mantenimiento y la suciedad.

Yo sentí que el sol era demasiado fuerte para la hora y el mes. Cargamos el ataúd entre los que pudimos; los dos enterradores ya tenían abierto el mausoleo y todo preparado. No hubo ceremonia, a diferencia de cuando enterramos al abogado, sino que nada más hubo el llanto de doña Teti y de las demás señoras. El mismo padre que dio la misa en la capilla de la funeraria pronunció las oraciones de rigor cuando introducían el ataúd de doña Lena al mausoleo. Me pareció que Eri quiso decir algo, pero más bien puso cara de contrición y caminó –con los ojos húmedos, cabizbajo y las manos tomadas por la espalda– hacia las tumbas vecinas. Le dije adiós y le di las gracias a doña Lena; yo nunca he sabido llorar.

Doña Teti, Eri y Alfredito pasaron la noche juntos en la casa; era la primera vez que estaban los tres en mucho tiempo, según dijo doña Teti. Yo les metí leña para la chimenea. Traían comida preparada que compraron en el supermercado a la salida de la ciudad; Eri también compró otra botella de whisky y aguas minerales. Doña Teti me preguntó si yo me quería quedar con la vieja estufa de leña de doña Lena. Le dije que sí y le di las gracias. Era una estufa de acero sólido, conservada desde hacía unos cincuenta años, la primera estufa que doña Lena compró luego de casarse con don Erasmo, más vieja incluso que la Carmelita, pero que aún funcionaba; en los últimos tiempos, ella ya casi no encendía la estufa, aunque me pedía que la mantuviera siempre con la leña lista y, a veces, cuando estaba de humor, le gustaba prepararse ahí su café de la mañana, en una cafetera igualmente vieja. Supuse que doña Teti se proponía vender la gran estufa eléctrica, el inmenso refrigerador, el frigorífico, la lavadora y todos los demás electrodomésticos.

En los dos días siguientes, doña Teti y Eri no requirieron de mis servicios como chofer. Bajaban temprano, Eri al volante, y regresaban ya tarde. Supe que tuvieron otras reuniones con el abogado Montoya, que arreglaron sus asuntos bancarios. Doña Teti, además, organizó las misas del novenario.

En la tarde del segundo día, Eri bajó por la vereda del bosque hasta la cabaña. Yo estaba trabajando en el huerto. Me dijo que iba a echarle un ojo al Peñón de las Águilas, que al día siguiente partiría y no quería irse sin visitar ese lugar. Lo vi perderse por el camino entre los pinares; había sol y viento frío. Cuando regresó, como una hora más tarde, le pregunté si pensaba vender el lote donde se ubicaba el Peñón o si lo conservaría; le conté que varias personas habían manifestado interés en comprarlo, pero doña Lena siempre había dicho que no estaba a la venta, que ese lote le pertenecía a él. Eri dijo que por lo pronto no tenía ningún interés en venderlo, ya en el futuro decidiría. Luego hizo comentarios sobre el ternero y los chanchos, sobre las hortalizas; y me preguntó si yo tenía un arma de fuego. Le respondí que un revólver 22 y un rifle del mismo calibre que me había regalado don Erasmo. Me pidió verlas; entré a la cabaña por ellas: primero disparó con el revólver hacia el tronco de un pino; luego revisó el rifle, se lo puso al hombro y erró el tiro a un zopilote que rondaba. Le conté que ese rifle me lo había dado el abogado Mira Brossa luego de que Luigi Leoni, propietario de la propiedad vecina, matara de un disparo a *Dogo*, uno de los tres pastores alemanes que entonces había en la casa. Eri me pidió que lo acompañara a la ciudad a la mañana siguiente, que iba a cambiar una considerable cantidad de dólares con una cambista del mercado negro y no quería que lo sorprendieran. Le pregunté qué arma necesitaba; me dijo que llevara las dos. Subió por la vereda del bosque a medida que la neblina bajaba.

La transacción fue en el barrio La Olla. Eri entró a una casa, permaneció dentro unos cinco minutos y luego salió con paso rápido; yo lo esperaba en el carro, con el revólver entre las piernas y el rifle listo, solapado en el asiento trasero. Seguí la ruta que él me había explicado detalladamente en la víspera. No hubo problema. Recogimos a doña Teti en la casa de don Eduardo y enfilamos hacia el aeropuerto. En el estacionamiento, guardé las armas en la cajuela, tomé la maleta de Eri y los acompañé hacia el mostrador de la aerolínea. Ellos fueron a tomar un café mientras yo aprovechaba para que me lustraran las botas. Más tarde anunciaron por el altavoz la salida del vuelo con destino a México. Cuando se despidió de mí, antes de pasar a la caseta de migración, Eri me deseó suerte, me dijo que no me olvidara del Peñón de las Águilas y me metió un billete de veinte dólares en el bolsillo de la camisa. Doña Teti lloraba, como si nunca más fuera a ver a su hijo. Yo supe que Eri jamás volvería a Honduras.

Doña Teti comenzó a desmontar la casa enseguida. Recorrimos habitación por habitación mientras ella decidía lo que iba a poner a la venta, lo que se llevaría a su casa en El Salvador y las cosas que nos regalaría; Fina nos acompañaba y me ayudaría a empacar. Fue una tarea larga. Hubo momentos en que doña Teti nos pedía que por favor la dejáramos a solas, que volviéramos después de un rato, porque seguramente había encontrado algo que le traía muchos recuerdos; también nos dijo que su casa en San Salvador era normal, con habitaciones pequeñas, que por ejemplo tres habitaciones de su casa cabían juntas en la habitación de doña Lena, donde, aparte de la cama y de los tocadores, había un juego de sala, dos grandes armarios de cedro y un piano. Hice cálculos: todo el espacio de la cabaña podía ser del tamaño de la habitación de doña Lena; nunca lo había pensado.

Alfredito apareció con los ojos rojísimos de tanta marihuana, con la expresión de quien espera que le regalen algo. Doña Teti le dijo que le daría una cama con una mesa de noche, que no esperara más, que incluso la cama apenas cabría en la habitación que él rentaba en una dudosa casa de huéspedes cerca del Reparto Abajo. Alfredito pidió el viejo televisor que doña Lena tenía en la sala de entrada; doña Teti le dijo que se lo llevara, pero que no fuera a empeñarlo para comprar cochinadas, porque ella iría al hospedaje a constatar que el aparato ahí estuviera. Después doña Teti nos preguntó, a Fina y a mí, si también necesitábamos una cama. A Fina le brillaron los ojos; le dijimos que sí. Ella decidió que las otras cuatro camas las vendería.

Doña Teti tenía varias hojas en las que iba haciendo el inventario, apuntando por separado las cosas que pondría a la venta de las que se llevaría en un camión de mudanzas hacia El Salvador. Nos regaló un edredón, varias sábanas y toallas, las ollas y trastos de cocina que ella no necesitaba y el radio que doña Lena siempre mantenía encendido en la cocina; también me dijo que ella no tenía intención de bajar al sótano, demasiado húmedo y oscuro, pero que podía quedarme con los implementos de jardinería, a excepción de la cortadora de césped de motor. Yo hubiera querido preguntarle a qué precio vendería el refrigerador, pero no me atreví.

Doña Teti dijo que la revisión del cuarto de estudio la haría al siguiente día, porque ahí se encontraban demasiados documentos y libros que ella debía leer con atención. Y entonces, cuando ya había oscurecido, mientras ponía sobre la mesa del estudio los álbumes de fotos propiedad de doña Lena, nos pidió que la dejáramos a solas y que yo regresara en una media hora, para llevarla donde don Eduardo, porque ella por nada del mundo pasaría sola la noche en la casa, mucho menos ahora que doña Lena estaba muerta.

De regreso, caminé por el corredor hacia el estudio y entré sin que ella se percatara. Tenía los álbumes de fotos abiertos sobre la gran mesa y lloraba, desconsolada; recordé que doña Lena también acostumbraba desplegar sus álbumes, en esa misma mesa, pero que no lloraba sino que se ponía nostálgica. Di un par de toquidos en la puerta. Se volteó a ver y se limpió las mejillas. «Ya voy», me dijo, «esperame en el carro.» Luego me pidió que durmiera en la casa hasta que sacaran los muebles, para evitar un pillaje.

Como estaba muy cansado, pronto me quedé dormido en el sofá. Soñé que doña Lena me decía, mientras tomaba café en la cocina, que Eri no podía traicionarla, que no podía ser cómplice de doña Teti en el desmantelamiento del patrimonio familiar, que no era posible que Eri se prestara a malbaratar el esfuerzo que ella había hecho a lo largo de su vida para heredarles una propiedad que les permitiera seguir siendo alguien, mantener una posición honorable en Honduras. Me desperté cuando ella gritaba, fuera de sí, que esa pareja de traidores la pagaría caro, que su maldición era que errarían sin patria ni posesiones lo que les quedaba de vida. Entonces escuché los golpes enérgicos del bastón en el corredor, como si doña Lena recién se hubiese levantado, enojada porque yo había olvidado trancar las puertas de la casa como era mi deber. Recordé que aún no había cumplido su voluntad de quemar las carpetas que ella escondía bajo la vieja máquina de escribir y que ahora yo tenía guardadas en el sótano.

Doña Teti contrató a una empresa inmobiliaria para que se encargara de la venta de la casa y del cobro de las mensualidades de los lotes. Doña Lena siempre prefirió tratar personalmente con los compradores, conocerlos para saber si eran gente de confianza que no convertirían la lotificación en un lupanar, como ella decía; también prefería evitar el pago de la comisión que se adjudicaba la inmobiliaria. Pero doña Teti me dijo que ella no se iba a pasar la vida en Honduras, tenía que regresar a El Salvador, donde estaban su casa y su mundo.

Doña Teti se pasó una tarde entera en el estudio, revisando papeles, facturas, mapas, fotos, libros. Me indicó que se llevaría consigo unos escudos que le habían regalado a don Erasmo cuando era ministro, el aparato de música que doña Lena apenas utilizaba y en el que Eri escuchaba música clásica, la nueva máquina de escribir, un tapiz de los Andes, el diploma que le habían dado a don Erasmo cuando cumplió cincuenta años como abogado, las carpetas con los documentos importantes y, por supuesto, los álbumes de fotos de la familia. Me preguntó si yo me quería quedar con la hamaca; le dije que sí. Me pidió que le diera fuego a los papeles que ella iba tirando en el piso y que también me deshiciera de la vieja máquina de escribir y de otros cachivaches.

Esa misma tarde doña Berta llegó a la casa; dijo que le echaría un ojo a los muebles a ver si había alguno que le interesara comprar.

A la mañana siguiente hice una fogata a un lado del grosellero, la misma fogata sobre la que doña Lena me ordenaba poner la tina de metal repleta de nacatamales para que se cocinaran durante las fiestas de fin de año. Fui tirando los papeles que doña Teti había desechado y otros desperdicios. Luego saqué las carpetas que había guardado en el sótano: las tiré al fuego tal como doña Lena me había pedido. La noche anterior las había hojeado: había poemas, copias de cartas escritas por ella, también cartas para ella y para el abogado. El fuego las consumió con rapidez.

El mismo día que llegó el camión de la mudanza para cargar los muebles y las cajas que doña Teti se llevaría a El Salvador, el abogado Montoya subió a entregarme el documento de compra-venta en el que se hacía constar que yo era el único dueño de la granja. El abogado me dio un abrazo, me felicitó y me dijo que yo lo merecía por haber sido el principal apoyo de doña Lena durante los últimos años de su vida. Yo bajé a la carrera por la vereda del bosque, feliz, agitando el documento en la mano, para que Fina y los muchachos se enteraran. En la noche lo celebramos en la cabaña; llegó mi papá con más familia y amigos; yo sacrifiqué el lechón que se había salvado de la Nochevieja. Recordamos a don Erasmo y doña Lena.

Al día siguiente pusimos manos a la obra con los muchachos para cercar la granja. Mateíto hizo un rótulo en un pedazo de madera que colgamos a la entrada por el lado de la lotificación y que decía: GRANJA DOÑA LENA.

Antes de partir, doña Teti aseguró que regresaría a Honduras cuando hubiera que finiquitar la transacción por la venta de la casa. Fina y los muchachos subieron a despedirla. Le entregué el manojo de llaves, pero ella me dijo que las conservara hasta que la casa se vendiera, que los de la inmobiliaria se quedarían con las copias de ella. Le dije adiós y recordé las cartas quemadas en las que se hablaba del asesinato de su esposo; también se me vino a la cabeza la frase escrita por doña Lena en una carta a Eri, cuya copia con papel carbón había consumido el fuego: «Quién creyera. ¡Tanto afán en la vida y tan poco para llevar!». El carro se lo encargó a su primo, don Eduardo, para que éste lo vendiera y le guardara el dinero; ella tenía su propio carro en El Salvador.

NOTA DEL AUTOR

La mayor parte de este libro fue escrita durante mi estadía en Frankfurt am Main, en los años 2004-2005, gracias al Programa Ciudad Refugio, patrocinado por la Feria Internacional del Libro de Frankfurt, el gobierno de esa ciudad y la Sociedad para la Promoción de la Literatura de África, Asia y América Latina. Debo un especial agradecimiento a Peter Ripken, artífice de este esfuerzo.